Stephanie S. Sanders

L'ÉCOLE DES MAUVAIS MÉCHANTS

Complot 2

Traduit de l'anglais (États-Unis) par Lilas Nord

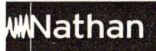

*À ma mère, à qui je dois ma créativité.
À mon père, pour m'avoir enseigné la persévérance.
Il faut les deux pour écrire un livre.*

1
UN NOUVEAU RÉCALCITRANT

Suspendu la tête en bas au-dessus d'un chaudron, je regarde les bulles d'eau bouillante éclater à la surface. Quelle journée pourrie !

Le cachot des punitions n'a pas changé depuis mon dernier passage. En même temps, ça remonte à quelques jours à peine, quand notre professeur d'Arsenal, Helga, a déclaré que je lançais les couteaux comme un dégonflé. J'ai contre-attaqué :

– Dites, le truc noir et poilu que vous avez au-dessus des yeux, c'est un monosourcil ou on vous a agrafé un rat crevé sur le front ?

Dans cette salle, que seul le feu sous les chaudrons éclaire, on ne voit pas grand-chose. Et on étouffe dans la moiteur de cette caverne emplie de vapeur, sans le moindre courant d'air. De quoi sérieusement taper sur les nerfs de quatre Méchants.

– Cette maudite vapeur va ratatiner ma coiffure ! se lamente l'un de mes alliés, ligoté à ma gauche.

— Ta coiffure ? s'exclame Loup Junior, ficelé en face de moi. C'est rien à côté de ma fourrure !

Loup est, comment dire… un loup. Mis à part qu'il bave et qu'il remue la queue, il est plutôt sympa.

— Je vais le dire à mon père, et ils vont voir ce qu'ils vont voir ! fulmine la comtesse Jezebel, à ma droite.

Jezebel est l'une de mes plus anciennes alliées. C'est aussi la fille de Dracula et, à choisir, je préfère encore me faire mordre par Loup.

On a vraiment passé une journée pourrie. Une journée qui nous a mis la tête à l'envers. Pour de vrai. Tout a commencé avec l'arrivée de mon nouveau camarade de chambre, quelques semaines plus tôt.

— Rune Drexler est prié de se présenter au secrétariat.

Je somnole tranquillement en cours d'Histoire de l'Infamie quand la minuscule voix de Miss Salem jaillit du trou qui sert de haut-parleur. Je relève la tête d'un coup et bafouille un peu trop fort :

— Qu'est-ce qu'il y a ?

Un filet de bave relie encore ma bouche à la

petite mare de salive qui s'est formée sur mon bureau.

Le professeur Obscuro a arrêté d'écrire au tableau. Il baisse la main et se retourne dans un mouvement que seuls les très bons Méchants maîtrisent. Lent. Menaçant. Inquiétant. On a l'impression qu'il ne bouge même pas les pieds, comme s'il était sur une espèce de plateau tournant.

Le regard du Maître de l'Épouvante se pose sur moi, et, pendant un instant, j'ai peur qu'il me lance l'une des devinettes dont il a le secret et qu'il me colle une punition. Ce ne serait pas la première fois. Mais non. Il se contente de me dévisager. Au bout d'un long moment, sans même sourciller, il déclare :

– C'est de vous qu'il s'agit, Rune.

– Ah ! Oui...

J'essuie mon menton baveux d'un revers de manche, ramasse mes affaires et me dépêche de sortir de la classe.

Certains élèves ont peur d'être convoqués au secrétariat. Pas moi. Quand vous êtes le fils du directeur de l'école et que vous avez la chance de quitter son cours, ça vous fait l'effet d'une récréation.

Je me hâte dans le dédale de cavernes et de cachots qui nous tient lieu d'école. Je passe devant la Grande Horloge, suis une série de torches qui diffusent une lueur verdâtre – parce qu'elles ont été allumées avec du feu de dragon –, puis je descends un dernier couloir jusqu'au secrétariat. C'est une petite grotte agrémentée d'une cheminée et d'un bureau en bois, où Miss Salem, la secrétaire de l'école, semble avoir passé toute sa vie. Elle devait déjà être là du temps des dinosaures : elle est toute ridée, avec des cheveux blancs et frisés. Elle ressemble à une patate momifiée et son humour doit être à proportion.

– Vous m'avez appelé ?
– Rune Drexler ?

On dirait qu'elle ne me reconnaît pas. Possible : elle n'a pas une très bonne mémoire.

– Oui, c'est bien moi, Miss Salem. Pourquoi suis-je convoqué ?
– Nouveau camarade de chambre.

Je ne l'ai pas remarqué en entrant, mais, assis sur un banc dans un coin de la pièce, un garçon attend avec une valise. Il n'est pas seul : à côté de lui se tient Dame Morgane, la directrice de l'Institut d'Excellence pour Méchants Accomplis.

Il y a quelques mois, elle a concocté un plan machiavélique contre le Centre de Redressement pour Méchants Récalcitrants. Autant dire que je ne la porte pas dans mon cœur. Et la revoilà, avec ses allures de mannequin et sa mine de traître, ses longs ongles rouges, ses parfaites boucles blondes… Une odeur de méchanceté pure flotte dans la pièce. À moins que ce ne soit son parfum.

Elle me fait un petit signe de la main et me sourit, comme si nous étions amis.

— Rune Drexler, me lance-t-elle avec son faux accent anglais. Je ne t'ai pas vu depuis…

— Depuis que j'ai mis en échec votre complot visant à prendre le contrôle de notre école en vous servant de mon demi-frère, Désiré ?

Elle perd un instant son sourire de façade et plisse ses yeux verts. Mais il ne lui faut pas longtemps pour se reprendre, toute mielleuse.

— Oublions le passé, Rune. Je suis venue accompagner cet élève qui vient d'être transféré au Centre : ce sera ton camarade de chambre.

Je jette un coup d'œil au nouveau avant de me concentrer sur Morgane. Je n'ai pas confiance en elle. Vous me direz : un Méchant ne doit faire confiance à personne. Mais je me méfie particulièrement de Morgane.

— Est-ce que le professeur Obscuro est au courant ?

— Bien entendu ! Ce jeune homme doit quitter mon Institut d'Excellence pour Méchants Accomplis : il est poli, attentionné, et s'est malheureusement toujours bien comporté. Je ne sais pas si on pourra en tirer quelque chose. Je me suis dit que ça ne lui ferait pas de mal de passer un peu de temps ici, histoire de le remettre dans le mauvais chemin.

Le garçon se lève et me tend la main.

– Salut. Je m'appelle Fabien. Fabien Negati.

Avant de lui serrer la main, je vérifie qu'elle ne cache ni câbles électriques ni aiguilles, et que sa paume n'est pas enduite de crème empoisonnée.

– Rune Drexler.

Difficile de vous livrer ma première impression de Fabien Negati. Ce garçon a des cheveux châtain, des yeux noisette et la peau bronzée. Une fine cicatrice barre son sourcil gauche. Rien d'exceptionnel. Pourtant, il me semble... différent. Je ne saurais pas dire pourquoi au juste. À cause de son bronzage, peut-être : les Méchants ne sont pas vraiment du genre à se faire dorer sur la plage. À moins que ce ne soit sa poignée de main, franche et énergique. Fabien n'a pas l'air inquiet ni méfiant, comme la plupart des nouveaux Méchants.

– Parfait, je vois que vous allez faire un duo d'enfer! s'exclame Morgane d'une voix faussement enjouée. Fabien, j'espère que vous ferez preuve d'un comportement déplorable. J'examinerai vos résultats d'ici quelques semaines et déciderai si vous êtes capable de réintégrer une école pour Méchants exemplaires.

Elle lance ces derniers mots en me fixant droit

dans les yeux. Je lui enverrais bien un bon coup de pied dans les tibias, mais ça ne m'avancerait pas à grand-chose. Je me retiens et réponds :

— À plus tard !

Morgane nous salue d'un geste théâtral et se glisse hors du secrétariat, laissant derrière elle un relent de parfum qui me prend à la gorge. Je me tourne vers Fabien :

— Suivez le guide !

Je l'emmène d'abord à ma chambre. Jusque-là, je n'avais pas fait attention au désordre qui a envahi la pièce depuis que mon ancien camarade de chambre et demi-frère, Désiré, a disparu dans un déluge de glaçage rouge. Mais c'est une autre histoire.

J'enlève mon tas de linge sale de l'ancien lit de Désiré pour faire de la place au nouveau. Puis je lui présente Monsieur Cyclope, ma salamandre de compagnie, qui n'a qu'un œil. Une fois que Fabien a déballé ses affaires, nous commençons à discuter.

— Alors, qui c'est le Méchant, chez tes parents ?

Presque tous les Méchants sont des moit'-moit', nés d'un parent Méchant et d'un humain normal. Moi, par exemple, je suis à moitié sorcier, Jez à moitié vampire, et Loup seulement à demi Loup. Quand le parent humain découvre la part de Méchanceté de son rejeton, il a tendance à l'abandonner. Allez savoir pourquoi…

Fabien ne m'a toujours pas répondu ; il n'a pas dû comprendre ma question. Je la reformule :

– Tu es bien un moit'-moit' ? Mi-humain, mi-Méchant ? Qui est du mauvais côté, chez toi ? Ton père ou ta mère ?

– Oh ! Euh… mon père. Il est docteur.

– Classe ! Genre savant fou ? Ou médecin machiavélique ?

– Ouais. Quelque chose comme ça.

Ce nouveau n'est peut-être pas si mal, après tout. Je calcule déjà qu'il pourra m'aider en Sciences Surnaturelles. Nous avons fini le chapitre consacré aux poisons et potions et sommes passés à un atelier où chacun doit construire sa propre machine infernale. Pour l'instant, la mienne fait penser au croisement malheureux d'un grille-pain et d'une bouilloire et s'avère tout aussi inefficace pour exterminer l'humanité.

Plutôt que de retourner en cours, j'entreprends de faire visiter l'école à Fabien.

Le Centre a été bâti sous les ruines d'un vieux château. Je conduis Fabien au carrefour principal, d'où partent la plupart des couloirs. C'est dans ce noyau central que se trouve la monstrueuse Grande Horloge, une impressionnante mécanique cernée de sculptures de créatures griffues et dentues au sourire hideux. Le carillon de cette horloge ressemble moins à un tintement de cloches qu'aux cris d'une oie mourante qu'on achèverait à coups de pied.

À droite de la Grande Horloge commence le corridor menant aux chambres des filles. J'explique à Fabien qu'il est équipé de toute une série de pièges et d'obstacles complexes. Ces derniers ont été spécialement conçus pour que seules des Méchantes puissent les déjouer. Si bien qu'aucun garçon n'a réussi à le parcourir jusqu'au bout. Le nouveau lève un sourcil, très intéressé. Il contemple le fameux couloir avec curiosité.

— Ah oui ? Personne ?

Ce n'est pas le premier à le prendre sur ce ton. De nombreux nouveaux ont déjà affiché la même assurance, avant d'être ramassés dans le corridor des filles en piteux état, à moitié brûlés ou mâchouillés.

— Même pas la peine d'essayer, mon pote. Il y a des serpents venimeux, des lance-flammes et un tas d'autres machins dans ce goût-là.

— C'est des trucs de filles, ça ? s'étonne Fabien.

— Toi, tu n'as pas encore rencontré de Méchantes !

Fabien devra attendre encore un peu : le couloir des filles est quasiment désert, parce qu'il est tard et qu'elles sont toutes en cours – au Centre de Redressement pour Méchants Récalcitrants, on travaille la nuit. Nous passons devant quelques caves de classe et poursuivons notre visite de l'école en suivant des couloirs jalonnés de torches pour nous rendre aux cavernes de bain. Nous traversons ensuite la grotte de la cavefétéria jusqu'à l'antre des dragons Fafnir et Kremanglez, située tout en bas.

Ils sont attachés près d'une source naturelle, au fond d'une gigantesque caverne. Fafnir est assez vieux. Il a été vert un jour, mais ses écailles sont désormais d'un gris terne, et il ne lui reste plus beaucoup de dents. Arriver à lui faire cracher du feu pour alimenter les torches est devenu presque impossible. Tout ce qui l'intéresse, c'est dormir, ses ailes mitées repliées sur ses yeux.

Kremanglez, en revanche, est une toute jeune dragonne d'un jaune bouton-d'or, qui saute sur la moindre occasion pour embêter Fafnir. Elle n'arrête pas de lui envoyer des flammèches ou de mordiller sa queue hérissée de pointes. C'est une erreur, parce que cette partie du corps de Fafnir n'est pas aussi affaiblie que le reste. Quand Kremanglez se montre particulièrement exaspérante, Fafnir lui flanque un revers de queue pointue sur la tête. En général, ça la remet à sa place, et le vieux dragon profite d'une ou deux heures de tranquillité, avant le prochain assaut de la jeunette.

– Tu n'as pas à te soucier des dragons pour

l'instant, expliqué-je à Fabien. On ne s'occupe pas d'eux avant de passer Félon, ce qui est mon cas. Toi, tu n'es encore qu'un Filou.

Ouais, je suis plus haut placé que lui. Et ouais, je le lui fais bien sentir. Ça fait partie des petits plaisirs de Méchant.

– Bon, je pense qu'on a fait le tour.

– Tu n'oublies pas un truc ? me demande Fabien.

– Attends voir : le secrétariat, les chambres, la cavefétéria, les cavernes de bain, les dragons… Qu'est-ce qu'il manque ?

– Ben, le bureau du Maître de l'Épouvante, bien entendu !

J'ai du mal à ne pas éclater de rire. Personne ne se rend chez Obscuro de son plein gré ! Mais Fabien n'a pas l'air de plaisanter. Il est hors de question que je passe pour une grosse poule mouillée devant le nouveau.

– Pas de problème, on y va ! lâche ma bouche, tandis que mon cerveau lui hurle de se taire.

Nous empruntons le dédale menant au bureau du Maître de l'Épouvante. La porte est fermée. Tant mieux ! Prêt à rebrousser chemin, je lâche :

– Il doit faire cours.

Fabien s'appuie nonchalamment contre le mur et me bloque le passage.

– Oh, allez, Drexler. Ne me dis pas qu'un Méchant

comme toi ne sait pas comment s'introduire dans le bureau du directeur.

— Euh… si, bien sûr ! Mais en quoi ça t'intéresse ?

— On est dans un Centre pour Méchants, non ? Il serait temps de faire preuve d'un peu de vice. À moins que tu te dégonfles ?

Voilà que le nouveau me cherche, maintenant ! Il se révèle curieux, manipulateur et rebelle. Quelle classe ! J'ai du mal à croire qu'il ait pu être viré de l'Institut de Morgane pour bonne conduite. Je m'assure rapidement que Semel, la chapistrelle de compagnie du Maître de l'Épouvante, n'est pas en train de nous espionner, puis je dégaine la clé que j'ai volée des années plus tôt.

Depuis mon dernier passage, la pièce n'a pas changé. Le bureau en onyx noir d'Obscuro est au fond, face à la porte. Les autres murs sont couverts d'étagères croulant sous les bocaux dans lesquels flottent des yeux ou des trucs à pattes pas rassurants. Un beau réseau de toiles d'araignées recouvre les rayonnages du haut. Le tic-tac de son horloge de la mort résonne dans le silence de la pièce. Une faible lueur émane de derrière le bureau ; elle provient de la vitrine où la boule de cristal d'Obscuro est rangée. J'essaie de cacher ma nervosité, mais je n'ai aucune envie de m'éterniser ici.

— Et voilà. Tu as vu ce que tu voulais voir. On y va !

— Attends, dit Fabien en passant tranquillement devant moi. C'est une boule de cristal ?

— Ouaip.

Je vérifie que personne ne nous espionne avant d'ajouter :

— Même que je l'ai déjà piquée.

— C'est vrai ?

Il contourne le bureau pour voir la sphère de plus près. Je l'imite à contrecœur, espérant ne pas être le seul à avoir des sueurs froides.

— La clé de la vitrine, tu l'as aussi ?

— Non. Le Maître de l'Épouvante la porte autour du cou. Autant dire que tu aurais du mal à la prendre. Si tu étais assez doué, tu pourrais forcer la serrure, mais mieux vaut ne pas y penser. Ce serait idiot de commencer à chercher les ennuis dès le départ : il faut savoir se montrer modeste.

J'entends un bruit dans le couloir. Nous avons déjà passé trop de temps dans ce bureau. J'arrache Fabien à son idylle avec la boule de cristal, et nous courons jusqu'à notre chambre.

— Je me suis bien éclaté ! s'exclame-t-il en se jetant sur la couchette inférieure de son lit superposé. T'as du cran, Drexler !

— Merci. Toi aussi !

Je suis encore sous le coup de l'adrénaline. Fabien va faire un camarade de chambre d'enfer.

J'ai hâte de le présenter à Jezebel et à Loup Junior, mes alliés. Difficile d'employer le mot « amis », parce que les Méchants ne sont pas connus pour se faire des amis. Mais, l'année dernière, j'ai choisi Loup et Jezebel comme coconspirateurs dans un dangereux complot. Nous avons combattu un dragon à plusieurs têtes, une sorcière de pain d'épices complètement timbrée, et Désiré, qui, malgré ses taches de rousseur, ses lunettes et son penchant pour la pâtisserie, s'est avéré un adversaire redoutable.

Nous discutons encore un peu. J'explique à Fabien à quoi ressemblent les cours et les professeurs.

– Le moins sévère, c'est Grigri.

– Il est prof de quoi ?

– Solfilège. C'est lui qui nous apprend à faire nos gammes en sortilèges.

– Et qu'est-ce que tu penses des autres cours ?

– Passe-moi ton emploi du temps.

– Alors... D'abord, tu as Grigri. Nickel ! Puis Discrétion et Évasion avec le professeur Igor, en alternance avec Machiavéliques Méfaits chez Timbré de la Toque – essaie de dire ça trois fois de suite sans te tromper ! Pause pour le dîner – qu'on appelle plutôt déjeuner, puisque c'est au beau milieu de la nuit – dans la cavefét'. Puis Arsenal avec Helga. Méfie-toi d'elle : c'est pas un cadeau ! Sciences Surnaturelles avec le docteur Méningitus – ça ne devrait pas être trop dur pour toi, si ton père fait partie de la profession. Et enfin, Histoire de l'Infamie avec Sombrero : de belles siestes en perspective !

Fabien éclate de rire.

Je lui explique ensuite le système des CRASSES, Certificats Reconnus d'Aptitude pour Scélérats Supérieurs et Experts en Sournoiserie.

– C'est pareil que chez Morgane : il y a les niveaux Filou, Fourbe, Félon, puis Apprenti, et, enfin, Maître. Sauf qu'on n'est pas obligés de porter un uniforme ridicule. Tu sais, comme vos bérets…

– Ah ? Euh… oui. Je ne pouvais pas supporter ces chapeaux stupides !

Les couvre-chefs des fayots de chez Dame Morgane sont pour les élèves d'Obscuro une source inépuisable de moqueries. Ils font partie de leur prétentieux code vestimentaire. Au cas où vous ne sauriez pas ce que c'est, un béret est une espèce de chapeau flasque. On dirait qu'on porte un ballon dégonflé sur la tête.

– Eh, Fabien, tu n'as pas faim ?

– Si, j'ai la dalle !

Je tire de sous mon lit quelques barres chocolatées. J'ai mes entrées chez une certaine vampire folle de cacao. Mais quand Fabien voit ce que je lui propose, il a un mouvement de recul.

– Oh! Euh, non merci! dit-il en fixant nerveusement les friandises.

– T'aimes pas le chocolat?

Je mords dedans à pleines dents, au cas où il penserait que j'essaie de l'empoisonner, ou un truc comme ça. C'est bien le genre des Méchants.

– Non. Enfin… ça me donne… des boutons.

Je hausse les épaules et exhume une poignée de vieux biscuits au gingembre qui datent de plusieurs mois. Fabien n'a pas l'air enthousiaste.

– Qu'est-ce qu'il y a? Ils sont encore bons!

J'en croque un pour le lui prouver. Je manque de me casser une dent, mais je n'en meurs pas. Puis j'engloutis deux barres au chocolat.

– Comme je te l'ai expliqué tout à l'heure, ajouté-je, la bouche pleine : il va falloir que tu recommences du début comme Filou. Ça craint, mais ne t'en fais pas : si tu n'es pas trop gentil, tu remonteras vite les échelons.

Nous discutons jusqu'à l'aube. Je lui raconte le complot du semestre dernier et la manière dont j'ai acquis le rang de Félon. Nous réfléchissons même au moyen d'explorer le couloir des filles en nous promettant d'essayer rapidement, avant de nous endormir, épuisés.

2
PAS DE CÂLINS
DANS LES COULOIRS

Le lendemain, un samedi, Fabien et moi nous levons en début de soirée et nous habillons pour aller prendre le petit déjeuner à la cave-fétéria.

Loup et Jezebel sont déjà à table ; on pourra aller s'asseoir avec eux. Mais d'abord, il faut faire la queue, et là, il y a un *hic*. Un gros : un troll Apprenti déboule et se plante devant nous. J'ai l'impression de me trouver au pied d'une petite montagne.

Brève description pour ceux qui n'auraient jamais croisé de troll : leur tête est beaucoup plus petite que celle des humains et presque chauve, leur nez bulbeux et leurs oreilles grandes et pointues. Ils ont des bras de singe et d'immenses pieds plats. En gros, on dirait plusieurs patates collées ensemble. Les trolls des forêts font plutôt penser à des arbres et se révèlent, en général, plus faciles à maîtriser que ceux des montagnes, plus costauds (et plus laids). Ils sont tous agressifs.

Menaçant, le troll tape du poing dans sa main.

– J'étais là avant vous !

Mensonge éhonté, mais pas la peine de discuter. Cent kilos de troll en colère ne peuvent pas avoir tort.

Et même si j'avais envie de le contredire et de risquer la bagarre, aucun prof n'interviendrait pour nous séparer. Dans une école normale, peut-être. Mais dans un Centre pour Méchants ? Les profs ne feraient qu'encourager le troll à me pulvériser.

Fabien n'a pas l'air impressionné et rétorque :

– Écoute-moi bien, troll. Tu ne faisais même pas la queue. J'ai bien peur que tu ne doives t'écarter.

– Quoi ? rugit le troll.

Quand nous sommes entrés dans la cavefétéria, la moitié de la salle a dévisagé le nouveau. Maintenant, tout le monde nous regarde. Je tapote l'épaule de Fabien et lui murmure :

– Euh… Mauvaise idée.

– Oh, ne t'inquiète pas, Rune. Notre ami… Comment tu t'appelles, déjà ? demande-t-il au troll.

– Quentin ! hurle le monstre, les yeux rouges de rage.

– Notre ami Crétin allait justement s'en aller, n'est-ce pas, CRÉTIN ?

– C'est « Quentin », demi-portion ! Et je ne vais

pas partir : je vais botter ton derrière de Filou si fort que tu vas te retrouver deux jours plus loin !

Crétin – je veux dire Quentin – fait mine de retrousser ses manches, ce qui est assez ridicule vu qu'il n'en a pas. Je ne rigole pas pour autant, parce qu'il lève un bras de la taille d'un tronc d'arbre, le poing serré.

Je me baisse aussitôt. Fabien, lui, se polit les ongles sur sa chemise, puis souffle dessus, l'air blasé. Il étouffe un bâillement. C'est la goutte d'eau qui fait déborder le vase : le troll lance un coup de poing pour lui écrabouiller le visage. Du moins, c'est ce qui aurait dû se produire. Mais, par une espèce de miracle, le monstre manque sa cible.

C'est que Fabien s'est déplacé à la vitesse de l'éclair pour se retrouver derrière Quentin au moment où celui-ci essayait de le frapper. Il lui envoie un bon coup de pied dans les fesses, lui faisant perdre l'équilibre. Cent kilos de troll valsent alors dans la file d'attente, dégommant au passage des petits Filous comme des quilles de bowling.

Quentin n'a pas dit son dernier mot. Fou furieux, il revient à la charge, prêt à écraser la tête de Fabien entre ses mains, mais elles claquent l'une contre comme des cymbales. Fabien a encore réussi à se dérober. Avec un croc-en-jambe, il fait à nouveau tomber le troll.

On a droit à quelques rounds dans ce goût-là : le troll attaque toujours le premier, mais sa masse et sa puissance ne sont rien à côté de la vitesse et de la grâce féline du nouveau, sec et nerveux. Fabien semble flotter dans les airs. Le troll finit par se cogner la tête contre le sol de la caverne et se met K.-O. tout seul. La salle acclame le vainqueur. Et ceux qui ont perdu leur pari sortent à contre-cœur leurs pièces d'or. Avec précaution, Fabien enjambe Quentin et se replace dans la queue, comme si de rien n'était.

Peu après, nous nous frayons un chemin jusqu'à mes alliés entre les tables d'élèves qui papotent et nous fixent en nous montrant du doigt. Loup nous accueille, la langue pendante et la queue frétillante.

– C'était génial ! s'exclame-t-il avant de se présenter. Grand Méchant Loup Junior.

Il donne la patte à Fabien. Je poursuis :

– Voici Fabien Negati. Fabien, voici mes alliés, Loup et Jez.

– Comtesse Jezebel Izolde Valeska Dracula, me corrige Jez.

Fabien lui fait un baisemain. C'est dégoûtant, mais Jez a l'air de trouver mon nouveau camarade de chambre délicieux. Pas littéralement, bien sûr, elle ne l'a pas mordu. Elle est toujours aussi accro au chocolat.

Nous bavardons en mangeant. Je raconte notre visite de l'école, la veille. Quand j'évoque le couloir des filles, Jez me coupe la parole :

– Vous avez vu la nouvelle construction, alors ?

– Non. Laquelle ?

– Les filles ne parlent plus que de ça. Apparemment, on va recevoir une nouvelle élève très importante. La sécurité a été renforcée. Et on prépare une nouvelle cavechambre au bout du corridor. Tout le monde dit que c'est la plus grande de toutes, mais je peux vous assurer qu'il n'y a pas plus spacieuse que la mienne. Et je ne vois pas qui pourrait être plus haut placé que moi, qui suis comtesse...

Jez s'interrompt, toute pâle. Enfin, encore plus pâle que d'ordinaire, vu que le visage d'un vampire est forcément livide. Loup, lui, écarquille les yeux et sa queue se fige.

Avant même de me retourner je sais qui se tient derrière moi. Il porte son habituelle tenue imposante, en noir des pieds à la tête – de sa chemise boutonnée jusqu'au col à son pantalon et à ses bottes, sans oublier sa longue cape traînant derrière lui. On pourrait relever une certaine ressemblance entre la garde-robe du Maître de l'Épouvante et la mienne. Ce n'est, si je puis me permettre, qu'un pur hasard. Je ne cherche pas à l'imiter, loin de là !

Mais les Méchants ont des choix vestimentaires assez limités, vous savez. C'est vrai, réfléchissez. Vous avez déjà vu un Méchant devenir Maître du Monde en baskets et en jogging ?

– Vous devez être Obscuro ! Je me présente : Fabien Negati, je viens d'être transféré de l'Institut de Dame Morgane.

Il tend la main au Maître de l'Épouvante. Celui-ci le toise sans rien dire. Il ne se donne pas la peine de lui serrer la main. Le sourire éclatant de Fabien finit par s'effacer. Nerveux, il se racle la gorge et se rassoit.

– Dans mon bureau, Rune. Maintenant.

– Mais on est samedi…

– Oh, je suis terriblement désolé. Je ne savais pas que les Méchants prenaient des jours de congé, désormais. Pour dominer le monde, on attendra lundi, c'est ça ?

J'abandonne mon petit déjeuner à peine entamé et grommelle à mes alliés :

– À plus tard…

– Comtesse, ajoute Obscuro, vous aussi, je veux vous voir.

Jezebel en reste bouche bée.

– Moi ?

– Dans une heure, précise le Maître de l'Épouvante avant de se retirer.

Je le suis en traînant les pieds. Je me demande

dans quel pétrin a bien pu se fourrer Jezebel. Devant la porte du bureau, Semel, la chapistrelle de compagnie d'Obscuro, volette en attendant qu'on la laisse entrer. Le Maître de l'Épouvante ouvre la porte avec la clé attachée à une chaîne en argent qu'il porte autour du cou. Maître Grigri est officiellement le seul à posséder un autre exemplaire de cette clé. Il y a aussi le mien, bien sûr. Mais ça, Obscuro l'ignore.

Semel va s'installer dans son recoin préféré, plein de poussière et de toiles d'araignées, replie ses ailes noires sur son corps velu et se roule en boule pour dormir. Le Maître de l'Épouvante vient se placer derrière son bureau. Il y appuie ses mains pâles aux ongles longs et me fixe droit dans les yeux. Par-dessus son épaule, je vois la lueur rouge que diffuse sa boule de cristal, enfermée dans une vitrine. Comme d'habitude, Obscuro ne me propose pas de m'asseoir. Je reste donc debout à côté d'un fauteuil en cuir, à attendre ma condamnation à mort, même si je n'ai pas la moindre idée de ce qu'on me reproche, cette fois.

– Quelqu'un est entré dans mon bureau, hier.

Ah oui. Ça me revient maintenant !

– Ce n'est pas moi.

– Je n'ai pas dit que c'était toi, dit-il en me jaugeant de ses yeux de requin. Je me trompe ? Mais si j'apprends que c'était toi, ou ton nouvel ami Negati, ou n'importe lequel de tes petits alliés, les conséquences seront… graves.

Sa façon de dire « graves » me fait l'effet d'un filet d'eau glacée coulant le long de ma nuque. J'hésite à tout avouer – ce qu'espère sans doute le vieux briscard –, mais je me retiens. Il vaut mieux éviter d'en dire trop. Et puis, si Sombrero avait la moindre preuve contre moi, je serais déjà en train d'éponger de la bave de limace.

S'ensuit un drôle de silence. Obscuro me fixe toujours. Je commence à me sentir nerveux. Je fais mon possible pour ne pas croiser son regard. Je finis par demander :

– Hum, bien, c'est tout ?
– Est-ce que je t'ai ordonné de sortir ?
– Euh… Non.
– Alors, c'est que je n'en ai pas fini avec toi.

Nouveau silence.

– Et pourquoi je dois rester ?
– Nous attendons.
– Ah. Quoi, exactement ?
– Tu verras.

Il adore ça. Je le sais. C'est une manie de Maître en Méchanceté : mettre les élèves mal à l'aise, les laisser mariner. Immobile, il me scrute sans sourciller.

Le tic-tac de l'Horloge de la Mort est insupportable.

Si ça se trouve, elle égrène les secondes qui me séparent de mon trépas. Le léger ronflement de Semel m'énerve de plus en plus, comme le bruit d'un robinet qui goutte. Même le souffle de ma respiration m'irrite. Je sens des perles de sueur couler le long de mon visage. J'ai des fourmis dans les jambes. Cette attente va me rendre fou. Le Maître de l'Épouvante, lui, ne remue pas un cil. C'est quoi, son secret ?

Tout à coup, Semel arrête de ronfler et lève la tête, aux aguets.

— Entrez ! dit mon père avant même qu'on frappe.

Semel décrit des cercles joyeux quand la porte s'ouvre, laissant apparaître un visage familier. Ça alors !

— Ileana !

— Rune ! s'exclame la pétillante princesse blonde.

Elle se jette à mon cou pour me faire un câlin sans que j'aie le temps de l'en empêcher. Sombrero ne va pas apprécier !

— Hum-hum ! marmonne-t-il en fronçant les sourcils.

Mais quelqu'un d'autre fait son entrée avant qu'il ait pu ajouter quoi que ce soit.

— Veldin ! lance la reine Catalina, la mère d'Ileana.

Elle s'élance à son tour dans la pièce et se précipite dans les bras de mon père. Raide comme un piquet, il se contente de lui tapoter le dos, mal à l'aise. Je souris.

— Hum-hum! dis-je à mon tour.

Ce qui me vaut un regard assassin.

Je n'ai pas vu Ileana ni la reine Catalina depuis le semestre dernier, lorsque mon complot m'avait conduit dans leur royaume. Ileana m'avait sauvé... enfin, je l'avais kidnappée, je veux dire. Malgré son don qui lui permet de communiquer avec les animaux volants et une tendance à gâtifier avec les bébés, elle possède un véritable potentiel de Méchanceté. Et elle est capable de forcer une serrure plus vite que n'importe qui.

Entre Sombrero et Catalina, il y a une histoire d'amour interdit, avec tout un tas de trucs à l'eau de rose. D'où les câlins.

Semel vient se poser dans les bras de la reine, qui la caresse. La chapistrelle se met à ronronner. Bizarre. Pour obtenir un ronronnement pareil, normalement, il faut avoir un gros morceau de foie de mouton dans la poche. J'interroge la reine :

— Qu'est-ce que vous faites là?

— Tu ne lui as pas dit? demande Catalina à mon père.

— Quoi?

— Maman m'a inscrite, m'annonce Ileana. Je vais étudier à l'école des Méchants!

Je repense à ce que nous a raconté Jezebel sur les travaux entrepris dans le couloir des filles et les mesures de sécurité renforcées. Maintenant, je sais qui est la nouvelle élève si importante. Attendez que Jez découvre que quelqu'un de plus haut placé qu'elle va emménager ! Ça promet de mal tourner ! Le spectacle va être grandiose, il faut que je prépare du pop-corn. Je suis ravi.

– C'est absolument génial !

Ileana se jette à nouveau à mon cou. Ses cheveux couleur de miel me caressent la joue. Elle sent la pêche. Mon père lâche un autre « hum-hum ». Je hausse les épaules ; il fulmine.

– Rune, tu vas escorter la reine Catalina et la princesse Ileana jusqu'au couloir des filles. Et pas de câlins dans les couloirs ! Vous pouvez disposer.

3

PASSAGES SECRETS ET SOUS-VÊTEMENTS

Malgré l'avertissement de mon père, la reine Catalina me prend dans ses bras dès que la porte se referme.

– Non mais, regardez-moi ça ! C'est fou ce que tu as grandi en quelques mois. Tu deviens un jeune Méchant bien costaud !

Embarrassé, je rougis et marmonne un « Merci ». Les compliments, c'est pas un truc de Méchant. Heureusement, je suis sauvé par l'arrivée de Jezebel. En apercevant Ileana, elle s'arrête net.

– Qu'est-ce qu'elle fait ici, celle-là ?

Il y a comme un reproche dans sa voix. Bien entendu, Jez ne parle pas de la reine. Elle foudroie la princesse du regard. Il faut dire qu'Ileana et Jezebel ne sont pas exactement les meilleures amies du monde. Elles ont observé une espèce de trêve à l'occasion de notre complot, mais, maintenant qu'Ileana est à l'école, les hostilités ne vont pas tarder à reprendre.

– Eh bien, comtesse, on vient juste de m'inscrire au Centre. Il va falloir que tu te fasses à l'idée de me voir plus souvent.

– Quoi! s'écrie Jez.

Obscuro ouvre alors la porte de son bureau.

– Ah, comtesse Jezebel. Entrez, je vous prie.

Jezebel dévisage encore un moment Ileana qui lui sourit et lui fait un petit signe de la main. Avant de disparaître dans le bureau, Jez me jette un regard noir, comme si tout était ma faute. Si je ne veux pas m'exposer à la fureur de la comtesse Dracula, il faudra que je me montre prudent avec Ileana. Mais d'abord, je dois faire visiter l'école à la princesse et à la reine.

– Bien, les chambres des filles, c'est par là.

– Oh, je connais le chemin, dit Catalina.

– C'est vrai, maman. Toi aussi tu es allée à l'école ici! Il faut que tu me montres tous tes coins préférés.

– C'était il y a longtemps, mais je pense que je devrais arriver à me repérer. Voyons voir...

Finalement, c'est Catalina qui nous guide dans le Centre. Même si je connais déjà les lieux dans leurs moindres recoins, ça me distrait de les redécouvrir à travers les souvenirs de la reine. En plus, elle a des anecdotes amusantes sur ses anciens alliés, dont mon père faisait partie. J'ai du mal à m'imaginer celui-ci adolescent. À l'époque, la reine était aussi proche de Morgane et de Muma Padurii, la sorcière de pain d'épices, qui est aussi la mère de mon demi-frère, Désiré.

– Tiens ! C'est là qu'on s'entraînait à l'interrogatoire des ennemis. Toute une époque ! s'exclame Catalina en passant devant une cave de classe.

Nous arrivons ensuite à la Grande Horloge.

– Oh... Et voici un secret que nous n'étions pas nombreux à connaître.

Elle étudie les monstres au sourire terrible et caresse du doigt chacun d'entre eux.

– Aha !

Elle appuie sur l'œil d'un diablotin hideux. Stupéfait, je regarde l'horloge glisser sur le côté pour révéler un passage secret.

– Pas possible !

Et dire que je passe devant cette machine monstrueuse au moins dix mille fois par jour !

– Où ça mène ? demande Ileana.

– Si on allait voir ? propose Catalina.

Elle nous fait un clin d'œil, décroche une torche du mur et s'engouffre dans le passage. Nous la suivons, laissant la porte se refermer derrière nous.

Au bout de quelques mètres, le sombre couloir dans lequel nous nous trouvons débouche sur un escalier en colimaçon. Nous descendons à la lueur des flammes de dragon illuminant des lambeaux de vieilles toiles d'araignées. Nos bottes laissent des empreintes sur les marches poussiéreuses.

— On dirait que personne n'est venu ici depuis des années, note la reine.

L'escalier interminable aboutit à une pièce circulaire taillée dans la pierre. Il n'y a presque rien, hormis des torches éteintes et une vieille porte en métal sur laquelle des mots ont été gravés. Je passe mes doigts sur les lettres.

— Qu'est-ce que c'est que cet endroit ?

— Nous l'avions baptisé la Caverne de la Prophétie, explique la reine. Personne ne sait vraiment quand ces mots ont été inscrits.

Elle lève sa torche, révélant un texte mystérieux :

DANS LES ENTRAILLES DE CE CHÂTEAU
SE TRAME UN TERRIBLE COMPLOT.
DES DEUX JUMEAUX CENT POUR CENT MÉCHANTS
L'UN TRAHIRA L'AUTRE BASSEMENT.
L'UN PRENDRA LE POUVOIR DE L'AUTRE
ET DEVANT L'UN SE PLIERA L'AUTRE.
UN VIEUX SECRET VA REPARAÎTRE
ET TRAHI SE VERRA LE TRAÎTRE.
POUR COURONNER LA TRAHISON
DE MÉCHANTS HÉROS DEVIENDRONT.

– Qu'est-ce que ça signifie ? s'étonne Ileana.

– Rien, peut-être, minimise la reine. Mes alliés et moi avons découvert cet endroit il y a fort longtemps, mais nous n'étions certainement pas les premiers Méchants à y venir. Cette inscription doit exister depuis des siècles. Nous aimions nous retrouver ici pour sécher les cours et faire la fête. Je ne me serais jamais véritablement préoccupée de cette prophétie si deux de mes amis n'avaient été jumeaux Cent pour Cent Méchants.

– Ça alors !

– Pourquoi, c'est important ? s'informe Ileana.

– Non. Juste… bizarre, dis-je. Les Cent pour Cent Méchants, c'est déjà rare. Tu t'imagines, une mère et un père Méchants ? Alors des jumeaux ! Ça ne doit presque pas exister.

La reine me fait un drôle de sourire.

– Rune a raison. C'est pourquoi nous redoutions que cette prophétie ne concerne mes amis. Ils ont essayé de cacher qu'ils étaient jumeaux et ont poursuivi leur chemin chacun de leur côté. À la longue, personne n'aurait pu dire qu'ils étaient de la même famille. Bien sûr, rien ne s'est jamais produit. Et à en juger par la poussière et les toiles d'araignées qui la recouvrent, personne n'a dû lire cette prophétie depuis des années.

– Qu'est-ce qu'il y a derrière cette porte ?
– Il suffit de regarder, Rune.

Nous tirons la poignée de la porte rouillée qui cède lentement. Les gonds grincent en guise de protestation, mais nous réussissons tout de même à l'ouvrir. Elle donne sur une petite plate-forme suivie d'une volée de marches qui descendent vers la gauche. Devant nous s'ouvre une large caverne. Il me faut moins d'une minute pour la reconnaître, le temps de discerner la forme de Fafnir tout en bas. Kremanglez sautille autour de lui et lui mordille les ailes.

– C'est l'antre des dragons ! Wouah, quel raccourci ! Quand je veux récolter leur feu, d'habitude, je dois faire un détour pas possible. Ça prend mille ans !

– Je me doutais que ça te plairait, dit la reine avec un sourire.

– Attendez une seconde. Mon père connaît ce passage ?

– Bien sûr. Pourquoi ?

– Il ne me l'a jamais montré ! J'aurais gagné un temps fou !

– Eh bien... Veldin est devenu quelque peu rabat-joie, admet la reine.

« Rabat-joie » me paraît léger pour décrire ce despote qui transforme la vie quotidienne de centaines d'élèves en un véritable enfer.

– Si on remontait ? propose Catalina.

Peu après, nous sommes de retour dans le couloir principal. Je laisse la reine et la princesse à l'entrée du corridor menant aux chambres des filles.

– Tu ne veux pas venir voir la mienne ? s'étonne Ileana.

– Les garçons ne sont pas admis dans le couloir des Méchantes, explique la reine Catalina. Mais nous retrouverons Rune au dîner, n'est-ce pas ?

– Euh, bien sûr.

Je regagne ma chambre en pensant à Jezebel. J'espère qu'elle ne sera pas folle de rage si j'arrive au repas en compagnie d'Ileana. J'espère aussi que, si jamais la comtesse est furieuse, elle ne choisira pas de faire de la princesse son souper. Jez n'est certes pas une adepte du régime vampire, mais je suis prêt à parier qu'elle ferait une exception pour Ileana.

Encore absorbé dans mes pensées quand j'ouvre la porte, il me faut un certain temps pour comprendre ce que je vois : mon nouveau camarade de chambre, Fabien Negati, avec un objet à faire frémir n'importe quel Méchant. Apparemment, il ne s'attendait pas à me voir arriver. Il essaie de cacher ce qu'il a dans les mains. Trop tard !

– Mais qu'est-ce que c'est que ça ?

Fabien me regarde, bouche bée. Il finit par articuler :

— Je… Ils… Chez Morgane… Les élèves ont dû les glisser dans ma valise. Pour me faire une blague.

Il tient une paire de… de collants bleu électrique. Et cousu par-dessus (oui, par-dessus !), il y a, tenez-vous bien, un slip rouge ! Rouge pétant !

— On dirait… On dirait…

J'en perds mes mots. Je sais bien à quoi ça ressemble, mais je n'arrive tout simplement pas à y croire.

— … Un costume de Super-Héros !

Fabien fourre l'infâme collant dans sa valise, qu'il referme d'un coup sec. Il se défend comme il peut :

— Jamais de la vie ! Je t'ai dit que ce n'était qu'une blague stupide. Oublie ça, tu veux, Drexler ?

Je le fixe une minute ou deux. Qu'est-ce que je m'imagine ? Bien sûr que ça doit être une blague. Un Héros n'aurait jamais pu berner à la fois Morgane et Obscuro en se faisant passer pour un Méchant. Je me suis laissé emporter.

— Désolé, Fabien. Plutôt réussi pour une farce, cela dit.

Je ricane. Il éclate de rire, et l'incident est vite oublié.

4

FRISSON OU VÉRITÉ

Salut la compagnie ! lance Ileana. Son enthousiasme débordant mettrait n'importe quel Méchant mal à l'aise. Loup Junior se décale pour lui faire de la place à notre table. Jez ne lève pas le nez de son parcheminfos.

Depuis leur arrivée, quelques semaines plus tôt, Fabien et Ileana se sont l'un comme l'autre adaptés au rythme du Centre de Redressement pour Méchants Récalcitrants. Les dons d'Ileana pour forcer les serrures et communiquer avec les animaux volants – dont la chapistrelle du Maître de l'Épouvante, Semel, ainsi que les dragons – impressionnent tout le monde. Fabien, lui, lutte encore pour laisser parler la Méchanceté qui sommeille en lui, mais je le sens bien parti pour mal tourner.

J'annonce à la princesse que j'ai presque fini ma machine infernale et lui demande si elle a commencé la sienne.

– Oui, répond-elle avant de siroter son lait avec un tas de manières, le petit doigt en l'air.

(Quand elle se comporte comme ça, on a du mal à croire qu'elle fasse partie des Méchants.)

– Et ?

– Quoi ?

– Ben… Qu'est-ce que tu as construit ?

– Je ne te le dirai pas.

Elle me fait un petit sourire diabolique. Son côté princesse s'efface aussitôt pour dévoiler un aspect beaucoup plus inquiétant de sa personnalité. (Quand elle se comporte comme ça, on n'a aucun mal à croire qu'elle fasse partie des Méchants.)

Comme Jezebel et Ileana se sont plusieurs fois crêpé le chignon, ou la tiare, à cause de leur rang respectif de comtesse et de princesse, je m'attends à une repartie mordante de Jez. Bizarrement, elle ne dit rien.

Normalement, l'arrivée de la pétillante princesse blonde à notre table aurait suffi à déclencher une volée de piques. Mais absorbée dans son parchemin-fos, Jez ne semble pas avoir remarqué la présence d'Ileana. Un article sur un célèbre Super-Héros fait les gros titres. Je lis par-dessus l'épaule de Jez.

– C'est encore ce prétentieux de Docteur Bienfait.

– Qui ça ? me demande Ileana en se penchant à son tour vers Jez.

— Le directeur de l'école de Super-Héros.

— Ah oui! s'exclame Loup Junior. Il est tout le temps à la une en ce moment. Le mois dernier, un de ses élèves a délivré une fille qu'une sorcière avait enfermée en haut d'une tour. La fille s'est servie de ses cheveux comme d'une corde pour le faire monter.

— Hmm. Ingénieux, commente Ileana.

Je lui fais un clin d'œil. La princesse et moi, on sait ce que c'est que de s'évader du sommet d'une tour. J'ajoute:

— Et il y a quelques semaines, un autre de ses élèves a sauvé une princesse comateuse. Apparemment, une méchante fée l'avait assommée avec un fuseau ou un truc dans le genre.

— Oooh! L'article explique que le fils de Docteur Bienfait a été renvoyé de l'école pour avoir échoué dans une quête, poursuit Ileana.

— Une quête? répète Loup.

— Oui. Tu sais que les Méchants adorent se lancer dans des complots. Eh bien une quête, pour les Super-Héros, c'est un peu comme un complot pour nous. Écoutez plutôt:

L'échec d'Ange Bienfait, fils de notre illustre Héros local, est pour Docteur Bienfait source de honte et de tristesse. Ange était chargé d'une quête visant à renverser la sinistre Méchante, connue sous le nom de Morgane LaFay. Ange étudiait à l'école de son père, l'Académie de Docteur Bienfait pour Super-Héros Supérieurs.

Fabien finit par se pencher à son tour par-dessus l'épaule de Jezebel pour jeter un coup d'œil à l'article. Jez abaisse son parcheminfos.

– Il n'y a pas moyen de lire tranquille, ici?

– Hé! s'exclame Ileana, sans tenir compte de la remarque. Photo plus bas!

Elle arrache le parcheminfos des mains de Jez et le déroule jusqu'à la photo.

– Zut! Ils portent tous les deux des masques!

– Ouais, et ben si je m'appelais Ange Bienfait, moi aussi je préférerais rester incognito, ricane Loup. Hé, attention!

Fabien vient de renverser son lait sur le déjeuner de Loup.

– Oh, désolé!

Même s'il n'a pas l'air si navré que ça, je le gronde:

– Qu'est-ce que je t'ai répété mille fois, Fabien?

– Quoi? Ah! Euh, les Méchants ne s'excusent jamais.

Il me regarde nerveusement, fixe le parcheminfos, puis Loup. Parfois, Fabien a une confiance en lui sans limites. Et parfois, on a l'impression qu'il ne sait plus où se mettre, comme s'il possédait deux personnalités opposées.

Je me penche pour examiner les Bienfait, père et fils.

Le docteur a le nez recourbé, une barbe et des rouflaquettes qui dépassent de son masque. À ses côtés, le jeune Bienfait porte un masque qui, s'il dissimule presque entièrement son visage, laisse paraître son sourire débile de Super-Héros. Jezebel reprend son parcheminfos des mains d'Ileana.

– Tu as de bien mauvaises manières pour une princesse. C'est à se demander où tu as été élevée.

– Venant de la fille d'une chauve-souris, je trouve cette remarque plutôt comique, réplique Ileana.

Elle lui décoche un de ces faux sourires que les filles affichent parfois quand elles ne sont pas contentes.

– Je rêve, ou tu viens d'insulter mon père? crache Jezebel.

Je ramasse ma cape et me lève.

– Les gars, je crois que c'est le moment d'y aller.

Jez a déjà rempli une cuillère de foie de mouton et s'apprête à en projeter le contenu. Loup, Fabien et moi nous dépêchons de quitter la table avant que les Méchantes ne se jettent autre chose que des insultes à la tête.

– Vous avez une idée de ce qu'on pourrait faire,

ce soir ? demande Loup en se grattant derrière l'oreille.

— On n'a qu'à te préparer un bon bain anti-puces.

— Non, sérieusement, grogne Loup qui n'apprécie pas mon humour.

— J'sais pas. Il faudrait vraiment que je finisse ma machine infernale. Je dois la rendre demain.

— C'est bon, Drexler ! Il te reste plein de temps. On n'a qu'à faire un truc sympa.

— Vous avez dit « sympa » ? lance Ileana en nous rattrapant.

Elle a coincé le parcheminfos sous son bras et sa robe porte une grosse tache – probablement du foie de mouton.

— On cherche des idées pour ce soir, explique Loup.

— Je sais ! On n'a qu'à faire la fête, propose la princesse.

— Pas de fête sans moi ! crie Jez en courant derrière nous.

Sur sa robe aussi, il y a une tache. Mais beaucoup plus grosse que sur celle de la princesse.

— Et où tu comptes organiser ça au juste, Ileana ?

— On pourrait emprunter le passage secret que ma mère nous a montré, Rune.

— Ah oui ? s'intéresse aussitôt Fabien. Est-ce qu'il conduit au bureau d'Obscuro ?

Sa question me semble bizarre.

— Non. Pourquoi ?

— Oh... Je ne sais pas. Peut-être parce qu'il est bien du genre à se balader dans des passages secrets.

Nous expliquons aux autres que l'entrée se situe derrière la Grande Horloge. Depuis que la reine Catalina nous l'a fait découvrir, je m'en sers comme raccourci pour rejoindre l'antre des dragons. Tout le monde trouve l'idée excellente. Chacun apportera quelque chose à manger. La fête s'annonce sympathique.

— Bon, qui a des jeux ? Je peux apporter un jeu du Pendu et un Risques-et-Périls, si ça vous dit.

— Et moi un Escropoly, ajoute Jez.

— Ma mère vient de m'offrir un jeu de dames, annonce Ileana.

— C'est pour les bébés, se moque Jez.

— Tu as du foie de mouton dans les cheveux, rétorque la princesse.

— C'est toujours mieux que d'être moche comme un pou !

Jez s'est rapprochée de la princesse, le poing fermé. Je m'interpose entre les deux Méchantes.

— Vous réglerez vos comptes plus tard. On se retrouve devant la Grande Horloge après les cours.

La perspective d'une fête fait passer le reste de la

journée plus vite. Dès que je sors de classe, je file dans ma chambre, lance une poignée de fourmis de feu à Monsieur Cyclope et fourre quelques jeux dans mon sac en peau de dragon. Puis je pars rejoindre Fabien qui m'attend devant les cuisines. Il paraît impatient. Depuis son arrivée, il s'énerve de plus en plus facilement. Il a sans doute hâte de faire ses preuves pour pouvoir retourner à l'Institut de Morgane.

– Voilà le plan : tu voles des victuailles pendant que je distrais Cook.

Cook est un vieux pirate noueux, chargé de nourrir le Centre. Couvert de tatouages, c'est un balèze. Il n'a qu'un œil mais ne laisse rien passer.

– Tu ne peux pas lui jeter un sort, plutôt ? suggère Fabien.

– Mauvaise idée ! Tu l'as bien regardé ? Tu imagines, si je rate mon coup ?

Je développe mon idée à Fabien : je lui demande de se cacher derrière une porte, puis je vais chercher Cook. Je monte un bateau au pirate !

– Je suis pourtant sûr qu'il y avait un crocodile dans le couloir ! dis-je au cuisinier.

Cook a une dent contre les crocodiles. On raconte que l'un d'entre eux a mangé la main de son cousin.

– Et comment s'c'qu'un croc' s'rait y entré dans c't'école, hein ?

Cook sort de sa cuisine et Fabien en profite pour s'y faufiler. J'essaie de ne pas regarder mon comparse.

– Euh… j'sais pas. Quelqu'un a dû en faire apparaître un en cours de Solfilège.

– Tu t'fiches de moi ? Tu sais c'qu'arrive aux Méchants qui s'fichent de Cook ? J'les passe au hachoir et j'les sers au dîner, gronde-t-il en se penchant vers moi, si près que je vois luire sa dent en or.

Plus jamais je ne toucherai au pâté mystère de Cook.

– Alors ? T'es sûr qu'tu veux pas revoir ton histoire, mon p'tit gars ?

Il colle presque son visage contre le mien et j'en arrive à distinguer les restes de son repas coincés entre ses dents.

Par-dessus son épaule, j'aperçois Fabien avec un sac plein de nourriture. Il me fait signe que tout va bien et retourne se cacher derrière la porte. Je lâche un petit soupir de soulagement.

– Maintenant que j'y repense… C'était peut-être juste une limace géante qui ressemblait à un crocodile.

– Mouais…

Cook n'a pas l'air convaincu. Je fais rapidement demi-tour et file dans le couloir. Fabien m'attend un peu plus loin. Quand nous arrivons à la Grande

Horloge, la princesse Ileana et Loup sont déjà là, les bras chargés de provisions pour la fête. Jezebel nous rejoint juste après.

– Désolée… dit-elle, essoufflée. Il fallait que je finisse de préparer mes bagages. Et j'ai une telle garde-robe !

Ileana lève les yeux au ciel. Je me tourne vers Jez.

– Tes bagages ? Pour quoi faire ?

– Peu importe, Rune ! répond-elle. Dépêchons-nous !

Nous savons que si Sombrero nous surprend, nous allons nous retrouver suspendus au-dessus d'un chaudron avant d'avoir eu le temps de dire « abracadabra » !

Ileana déclenche le mécanisme caché, et nous nous engouffrons après elle dans le passage. Torche en main, elle ouvre la voie. Il ne nous faut pas longtemps pour arriver dans la Caverne de la Prophétie. J'aide la princesse à allumer toutes les torches de la pièce.

– C'est génial ! s'exclame Loup.

– Regardez cette porte ! lance Jezebel. Elle doit remonter à des milliers d'années. Et vous avez vu cette inscription ?

Elle lit la prophétie à voix haute.

– La mère d'Ileana nous a raconté qu'elle avait eu des alliés qui étaient jumeaux Cent pour Cent

Méchants, et qu'ils avaient préféré le dissimuler.

— Cent pour Cent Méchants ? C'est fou ! commente Loup.

— Tu crois que ton père les connaît, Rune ? me demande Jez. Il était à l'école en même temps que la reine, non ?

— Ouais. Mais il ne m'en a jamais parlé.

Cela dit, mon père ne me parle jamais. Sauf pour me coller une punition, me rappeler que je suis nul ou m'envoyer éponger la bave de limace.

— Ça ne m'étonne pas, dit Loup. Trahison, secret, voler le pouvoir de quelqu'un : tout ça, ça a l'air sympa. Mais des Méchants qui se changent en Héros, ça craint. Qui voudrait devenir un Héros ? Quel déshonneur !

— Qui a faim ? lance soudain Fabien.

J'ai l'impression qu'il essaie de changer de sujet, mais comme j'ai vraiment la dalle, je ne m'y attarde pas. On oublie vite la prophétie en grignotant autour d'une bonne partie d'Escropoly. C'est Fabien qui tient la Banque des Voyous.

— Je voudrais acheter deux repaires de bandits Boulevard Coupe-Gorge et un Avenue de la Peur, dis-je.

Fabien me tend trois petits châteaux noirs. Il semble tendu, et le jeu n'a pas vraiment l'air de l'intéresser. Je place mes pièces sur le plateau. Loup jette ensuite les dés et tire une carte mystère. Sa queue frétille d'impatience et envoie valser mes repaires sur le plateau.

— Fais gaffe !

Les oreilles de mon allié retombent. Il lâche un petit couinement et nous lit sa carte :

— Votre plan diabolique pour attacher la princesse aux rails de chemin de fer a échoué. Vous devez donner au propriétaire de la voie ferrée deux cents pièces d'or pour avoir fait dérailler le train et vous rendre directement aux oubliettes sans passer par la case départ.

— Pff ! peste Ileana. Je ne vois pas pourquoi un Méchant attacherait une princesse sur des rails.

— Moi si, ricane Jezebel.

C'est elle qui possède le réseau ferroviaire. Elle tend déjà la main vers Loup pour récupérer son or. Il le lui cède à contrecœur et fait la tête jusqu'à ce que je lui rappelle qu'il a une carte pour sortir du cachot.

— Ah oui !

Loup est si content qu'il bave dessus avant de la remettre à Fabien.

— Tu peux la garder ! s'énerve celui-ci. Je préférerais croupir aux oubliettes plutôt que d'avoir à la toucher.

Jez atterrit sur une case appartenant à Ileana.

— Par ici la monnaie ! s'exclame la comtesse.

– Comme c'est la première fois que je joue à ce jeu, dit la princesse, je n'ai peut-être pas tout compris. Quand je me pose sur des cases à vous, il faut que je paie. Ça me paraît logique. Mais quand vous venez chez moi, pourquoi faut-il que je vous verse de l'argent ?

– Parce que nous sommes de vrais Méchants et qu'on peut te faire avaler n'importe quoi ! répond Jezebel avec un mauvais sourire.

Loup ricane en douce.

– Vous trichez ! s'indigne Ileana.

Nous éclatons de rire.

– Ah, très drôle ! Moquez-vous de la nouvelle !

Elle va bouder près de l'escalier. J'essaie de la dérider :

– Oh, allez, Ileana ! C'était juste pour rigoler. Reviens. On va jouer à autre chose.

– Si on faisait un Frisson ou Vérité ? suggère Jez.

Elle fait signe à Loup de ranger l'Escropoly, comme s'il était son domestique. Il grogne dans ses moustaches.

– Ça me va, dis-je. Et toi, Ileana ?

– D'accord, mais uniquement si vous promettez de ne pas tricher !

– Croix de bois, croix de fer, si je mens tu vas en enfer.

– *Je* vais en enfer, me reprend Ileana.

Je lui adresse un clin d'œil.

— Oui, c'est ce que j'ai dit : *tu* vas en enfer !

Elle fait encore un peu la moue, puis revient s'asseoir avec nous. Je lui propose de commencer. Elle retrouve le sourire.

— OK. Fabien, frisson ou vérité ?

— Hum, vérité, répond-il, toujours aussi nerveux.

— Alors… Comment tu t'es fait cette cicatrice au sourcil ?

— C'est à cause de mon père. Il avait décidé de m'apprendre à voler et…

— À voler quoi ?

— Euh… des trucs. Il y a eu un petit accident, et voilà.

— Vous avez déclenché un système d'alarme ? hasarde Loup. Tu t'es pris un coup de matraque ? Ton arcade s'est fendue ?

Tout le monde ouvre grand ses oreilles. Les Méchants adorent les détails sanglants.

— Si on veut… Loup, frisson ou vérité ?

Fabien n'a manifestement pas envie d'évoquer ce souvenir. Il ne nous regarde pas dans les yeux et triture ses lacets. Je me demande s'il n'a pas inventé tout ça pour cacher une horrible vérité : peut-être qu'il s'est blessé en essayant de sauver quelqu'un. Nous avons tous fait des erreurs : pas la peine d'insister.

Le jeu suit son cours. Loup réussit à effrayer Fabien une fois ou deux, mais la plupart d'entre nous choisissent « vérité ». Il faut reconnaître que faire peur à un Méchant, c'est pas de la tarte.

— À toi, Rune, annonce la comtesse.

— Vérité.

— Je sais ! s'exclame Ileana. Nous connaissons tous ton père. Mais ta mère, comment est-elle ?

Je reste un instant stupéfait. Je finis par baisser les yeux, avant d'avouer :

— Aucune idée.

— C'est-à-dire ? insiste la princesse.

— Je ne la connais pas.

— Comment ça se fait ?

Jez intervient :

— Aucun de nous ne connaît son parent non-Méchant. C'est l'un de nos privilèges. Personnellement, j'aurais honte de ma mère. Si elle était toujours en vie.

Jez ment. Comme la plupart des Méchants, elle essaie de masquer ses faiblesses. Vouloir sa maman ? Grosse faiblesse !

Ileana n'en revient pas.

— Ma mère m'a abandonné dès qu'elle a vu combien j'étais mignon... et poilu, lui explique Loup.

Il fait un effort pour sourire, mais lui aussi en souffre. Sa mère s'est dépêchée de le mettre dans un panier qu'elle a posé sur la rivière. Bonjour l'instinct maternel. Ça explique peut-être pourquoi Loup a voulu sauver ce gamin qui se noyait, il y a quelques années. En tout cas, Grand Méchant Loup Senior avait appris l'affaire et repêché Junior juste à temps. Puis il l'a élevé dans la tradition de la Méchanceté.

— Et toi, Fabien? demande Ileana. Où est ta mère?

— Euh, elle a… été décapitée.

Choqués, nous ne le quittons plus des yeux. Même pour un Méchant, c'est assez horrible. Il se remet à jouer avec son lacet.

— Quoi, qu'est-ce qu'il y a? Il y a eu un accident, sur un chantier, lâche-t-il.

Ileana revient à la charge :

— Et toi, Rune, de quoi ta mère est-elle morte?

— Morte? Je ne crois pas qu'elle soit morte.

— Oh! Tu sais où elle est?

— Non…

Voilà que je me mets aussi à tripoter mes chaussures.

— Tu n'as pas envie de la retrouver? De la rencontrer? insiste la princesse.

— Pour quoi faire?

— C'est ta mère, enfin!

Bizarrement, je sens la colère monter en moi.

— Je ne sais pas! Elle a dû m'abandonner. Ou

alors, mon père m'a arraché à mon joli berceau bleu à volants. Quelle importance ? Ce qui compte, c'est que je suis un Méchant et que ma place est ici !

— Si j'ai bien compris, résume Ileana, tu ignores qui est ta mère et pourquoi tu te retrouves avec ton père ?

— Elle n'a pas tort, Rune, reconnaît Jezebel. Nous, au moins, on sait ce qui est arrivé à notre parent non-Méchant.

— Ne me dis pas que tu es de son côté, maintenant !

— Non ! Je trouve juste ça bizarre, c'est tout, se justifie Jez.

— Ton père ne t'a vraiment jamais rien dit ? s'obstine Ileana.

— Tu l'as vu, mon père ? Il n'est pas du genre bavard.

— Il faut absolument qu'on découvre l'identité de ta mère, déclare-t-elle.

— Quoi ?

Ça y est : elle a réussi à me mettre en rogne. Il s'agit de ma mère, après tout. Ça ne la regarde pas, cette princesse !

— Je pourrais vous aider, propose Loup.

— Moi aussi. J'aimerais bien découvrir qui elle est, intervient Jezebel.

Fabien se réveille d'un coup. Ça fait un bon moment que je ne l'ai pas vu aussi intéressé.

– Hé ! Je sais comment on pourrait faire ! Il suffit de prendre la boule de cristal, dans le bureau d'Obscuro.

– Hein ? Ça va pas la tête !

– Tu as la clé, enchaîne Fabien. Nous pourrions nous introduire dans…

– On se calme ! Pas question ! S'il le découvre, ça va me retomber dessus ! Il va m'écorcher vif !

– Mais… proteste Ileana.

– Non ! Fin de la discussion !

Je me lève aussi sec et secoue ma cape.

– D'accord, dit la princesse en se levant à son tour.

Elle réajuste sa robe. Je trouve qu'elle renonce un peu trop facilement. J'aimerais bien savoir ce qu'elle a derrière la tête.

Plus personne n'est d'humeur à faire la fête, maintenant. Nous remballons nos affaires, éteignons les torches et remontons à la Grande Horloge.

Je suis à la fois énervé et fatigué. Et triste aussi. C'est un sentiment que je n'ai presque jamais éprouvé. J'ai hâte de me retrouver seul. Je salue mes alliés en grommelant.

– Rune, attends ! me retient Jezebel. J'ai quelque chose à te dire. C'est important.

Elle m'attrape par la manche. Je la repousse.

– Je ne suis vraiment pas d'humeur, Jez.

C'est vrai. Parler de ma mère m'a miné. Je ne pense pas souvent à elle, mais quand ça m'arrive, ça me rend toujours un peu grognon. Je tourne le dos à Jez et pars me coucher.

5

DANS LA TÊTE D'UNE MÉCHANTE

Je me réveille en retard, la nuit suivante. Fabien est déjà parti petit-déjeuner. Je m'habille à toute allure, jette une poignée de fourmis de feu à Monsieur Cyclope et dévale le couloir, en espérant qu'il restera quelques Froussties à manger. Les humains se ruent toujours sur les céréales et les derniers arrivés n'ont plus le choix qu'entre des croquettes pour loups-garous ou un mélange pour trolls, comme le Croc-Cailloux… avec de vrais cailloux ! Comme je n'ai pas envie de me casser une dent ni d'avoir une haleine de chacal, je cours le plus vite possible.

J'arrive à la cavefétéria, bataille avec un Filou pour grappiller les dernières miettes de Froussties et vais m'asseoir avec mes alliés. Ileana tient un énorme bouquet de fleurs. Mon petit doigt me dit qu'elle a dû le faire apparaître par magie : elle est aussi douée que sa mère dans ce domaine.

— Tu fais de la contrebande, ou quoi ? lui demande Loup. Tu sais qu'on n'a pas le droit d'en avoir à l'école ? Si tu te fais prendre avec ça, tu vas avoir de gros problèmes !

Les fleurs sont interdites au Centre pour deux raisons. D'abord, parce qu'un génie du Mal n'a pas l'air sérieux avec un bouquet à la main. Ensuite, parce que les Méchants ont presque tous un point faible ridicule, comme l'allergie au pollen.

— Qu'est-ce que ça peut faire ? rétorque Ileana en humant ses fleurs. Moi, j'adore ça ! Et puis ça apporte une touche de gaieté dans cet endroit sinistre ! De toute façon, j'en ai besoin.

— Pour quoi faire ? s'étonne Fabien.

— Pour ça.

Elle écarte un peu les tiges, dévoilant un objet caché à l'intérieur. Je regarde fébrilement autour de moi et chuchote :

— T'es folle !

— T'inquiète ! J'ai juste forcé la serrure. Aucun problème. D'ailleurs, j'en ai fait apparaître une autre à la place de celle-ci. Je rapporterai la vraie avant même qu'on ne se rende compte qu'elle a disparue.

— Il va m'assassiner !

Nichée dans le bouquet se trouve la boule de cristal du Maître de l'Épouvante. Loup pousse des petits cris plaintifs mais Fabien sourit, admiratif. Ileana cherche à me rassurer :

— Sombrero n'a aucune raison de te soupçonner.

— Pour lui, je suis toujours le suspect numéro un !

— L'important, c'est que tu connaîtras bientôt l'identité de ta mère.

Je m'apprête à lui répondre, quand le professeur Grigri passe lentement près de nous, nous gratifiant de l'un de ses sourires édentés. Ileana dissimule aussitôt la boule entre les fleurs.

— C'est bizarre, dis-je. Jez n'est toujours pas là. Vous l'avez vue ? Elle voulait me parler, hier soir.

Ileana, Loup et Fabien se regardent, interloqués.

— Je croyais que tu étais au courant, s'étonne Loup.

Ça ne sent pas bon : il se trame quelque chose.

— Au courant de quoi ?

— Jez a été transférée. Chez Dame Morgane, lâche Loup.

— Quoi ?

Je reste comme un idiot, pendant que mon cerveau essaie d'assimiler cette information.

— C'est sans doute son père, le comte, qui est derrière tout ça, ajoute Ileana. Elle est partie hier soir. Tu te souviens ? Elle a mis un temps fou à emballer sa garde-robe. Pourtant, elle était au courant depuis des semaines. C'est pour ça qu'elle avait ces sautes d'humeur.

— Jez a toujours des sautes d'humeur !

Je n'arrive pas à le croire. Jezebel, partie ! La cloche sonne et tout le monde se lève pour aller en cours. Je reste assis, abasourdi. Ileana me tapote le dos.

— Désolée, Rune…

Elle sort, m'abandonnant dans la cavefétéria déserte.

J'ai l'impression de passer le reste de la journée dans le brouillard. Impossible de me concentrer en cours… En Sciences Surnaturelles, le professeur me demande de montrer à toute la classe où en est ma machine infernale. Elle produit quelques toasts méchamment cramés, puis asperge tout le monde de thé brûlant, causant de légères brûlures dans l'assistance. Mais Docteur Méningitus juge que des tartines calcinées et du thé bouillant ne suffiront pas à anéantir l'humanité. Je suis bon pour recommencer.

En arrivant dans la classe de mon père, je suis tellement abattu que j'en oublie de prendre des notes pendant son cours. Il ne manque pas de s'en apercevoir et me gratifie d'une semaine de patrouilles d'éradication de bave de limace, en plus de mes corvées habituelles, bien sûr.

Quelques jours plus tard, j'éponge la bave en compagnie de deux Filous encore en âge de porter des couches-culottes. Je grogne :

– Ça pue !

Jez est partie depuis un moment déjà, mais je lui en veux toujours.

– C'est vrai, quoi ! Quand je pense qu'elle ne m'a même pas prévenu !

Je plonge mon éponge dans le baquet d'eau savonneuse, aspergeant les Filous au passage.

– Elle aurait pu me laisser une lettre ou… je ne sais pas, moi ! Sans blague ! Vous donnez le meilleur de vous à une vampire… Enfin, c'est pas comme si elle était ma copine, ni rien, mais je pensais… Elle… Je… Ah ! Ce que ça peut être bête, les filles ! Et si je changeais d'école, pour lui montrer un peu, hein ? Je ne dirai pas un mot ! Ouais, c'est ça ! Je partirai dans une école de Méchants garçons en Sibérie, et elle n'aura plus que ses yeux pour pleurer ! Cette stupide sangsue de chocolat chaud !

Je lâche tout ce qui me passe par la tête. J'ai surtout besoin de me défouler. Et puis les deux Filous, les yeux écarquillés, font un bon public. Peut-être parce que je les terrorise. Une fois les couloirs étincelants de propreté, et une fois épuisé mon catalogue d'insultes contre Jezebel, je me traîne jusqu'à ma chambre. Fabien m'attend devant la porte, arborant un sourire typique de Méchant. Il est de bien meilleure humeur, ces derniers jours. À côté de lui, Loup halète d'excitation.

— Qu'est-ce que vous faites là ?
— On a remarqué que tu étais encore déprimé à cause de Jez, dit Loup.

Sa queue remue. Quand elle bouge comme ça, c'est qu'il a une idée derrière la tête.

— Et alors ?
— Aaalors, continue Fabien en me posant la main sur l'épaule, on va te remonter le moral !

*

Voilà comment je me retrouve à l'entrée du couloir menant aux chambres des filles, au beau milieu de la journée, encadré par Loup et Fabien. La Grande Horloge retentit. Il est une heure de l'après-midi. À part un ou deux professeurs qui rôdent au hasard dans l'obscurité des couloirs, presque tout le monde dort. Lorsque le vacarme de l'horloge cesse, un silence troublant s'abat sur l'école.

Les flammes vertes des torches éclairent faiblement le couloir. Au bout, je discerne vaguement le contour de portes taillées dans la roche. Les chambres des filles, sans doute. Je me retourne sans cesse, comme si Obscuro allait surgir dans notre dos à chaque instant.

– Rappelez-moi pourquoi on est là.

– Pour te remonter le moral, répond Loup avec son grand sourire de chien.

– Ça ne marche pas !

– T'inquiète, j'ai un plan, me rassure Fabien.

– Lequel ?

– Déjouer les pièges, entrer chez la princesse Ileana et ressortir sans se faire prendre.

Parfois, je ne sais vraiment plus quoi penser de lui. En un clin d'œil, il peut passer de Monsieur-Discret-et-Poli à Youpi-entrons-par-effraction-dans-les-chambres-des-filles. Méfiant, j'insiste :

– Pourquoi la chambre d'Ileana ?

– Parce qu'au moins, si on se rate ou qu'elle nous surprend, elle n'essaiera pas de nous jeter un sort, de nous mordre ou de nous écrabouiller comme les autres filles sorcières, vampires ou trolls.

– Soit. Mais ce passage est sécurisé par des pièges spécifiquement conçus pour n'être déjoués que par des Méchantes. Comment tu comptes passer ?

– Attends...

Fabien fouille dans la poche de sa cape. Il en sort un parchemin replié qui doit bien avoir plusieurs siècles.

– Qu'est-ce que c'est que ça ? demande Loup, la langue pendante.

Fabien le repousse pour qu'il ne colle pas de bave plein le papier.

– Je vous avais dit que j'avais un plan ! Ce plan indique tous les pièges et comment les contourner.

– Pas croyable ! s'exclame Loup.

Sa queue remue si fort qu'elle fait vaciller la flamme des torches. Ma mauvaise humeur cède la place à la curiosité.

– Où tu l'as trouvé ?

– Aucune importance. Ce qui compte, c'est qu'on puisse s'en servir ! Là, regardez.

Fabien nous montre sur le plan où nous nous trouvons. Je lui fais remarquer qu'à deux pas, il y a des mécanismes dissimulés dans le sol.

– Qu'est-ce qui se passe si on marche dessus ?

– On va voir ça tout de suite, Loup, répond Fabien.

Il ramasse un gros caillou et le jette par terre. On entend un léger souffle, comme un courant d'air. À notre gauche, quatre fléchettes jaillissent de fissures dans la paroi et vont se ficher dans le mur opposé. De la vapeur s'élève en sifflant à l'endroit où elles se sont plantées. Fabien serre le plan entre ses doigts et s'exclame :

– Des fléchettes empoisonnées !

La queue entre les jambes, les oreilles rabattues, Loup se met à couiner.

– Suivez-moi de très près, conseille Fabien qui a retrouvé sa détermination.

Ce ne sont sans doute que des fléchettes destinées à endormir. Pas mortelles, je veux dire. Après tout, nous ne sommes que des enfants. De Méchants enfants. Préparant un mauvais coup. Dans le couloir des filles. Bon, OK! Elles doivent être empoisonnées. Je contemple les trous fumants qu'elles ont laissés dans la roche.

– Tu es sûr que ça vaut le coup, Fabien?

– T'as la trouille, Drexler?

Je n'aime pas sa façon de sourire. Sans me laisser le temps de répondre, respectant soigneusement les indications du plan, il entame toute une série de mouvements. Je l'imite, Loup Junior à ma suite. Comme Fabien, nous replions une jambe, sautons à cloche-pied, puis recommençons avec l'autre jambe.

– Pourquoi est-ce que j'ai l'impression de sautiller au ralenti?

– Tu as dit toi-même que ces obstacles avaient été spécialement conçus pour n'être déjoués que par des Méchantes, répond Fabien.

– Parce que ça sautille, une Méchante?

Je n'arrive pas à imaginer Jezebel en train de sauter

à cloche-pied. Super. Je recommence à penser à elle. Pour l'instant, j'en ai rien à faire de ce programme moisi concocté par mes alliés.

— On s'en fiche ! Avance ! s'énerve Loup en me poussant.

Il halète d'angoisse. Je me dépêche, de peur qu'il ne laisse une mare de bave susceptible de déclencher un piège. Quand Fabien annonce que nous avons passé le premier mécanisme, nous regardons à nouveau le plan pour voir ce qui nous attend après.

À peine avons-nous fait quelques pas que le sol se met à trembler. Un panneau secret glisse sous nos pieds. Nous avons tout juste le temps de reculer. Bientôt, l'ouverture s'agrandit et on ne peut plus sauter par-dessus. Un sifflement monte des profondeurs. J'espère que les professeurs ne vont pas débouler, alertés par le bruit.

— Et maintenant, Fabien ?

— Ça va être compliqué. Apparemment, il faut chanter une comptine.

— Quoi ? crions-nous en chœur, Loup et moi.

— Qui a la voix la plus aiguë ? demande Fabien.

Dans la mesure où je suis le seul à ne pas encore avoir mué, je sais très bien ce qui me pend au nez. Loup ne fait rien pour m'aider : il me désigne de sa patte poilue.

– Même pas la peine d'y penser !
– Allez, Rune ! m'encourage Fabien.

Il me tend le plan et m'indique une comptine écrite dans un coin. Je foudroie mes alliés du regard. Ils me font des yeux de biche.

– Steuplaît, supplient-ils.

Je lâche un soupir et marmonne :

– *Je suis aussi Méchante que j'en ai l'air.*

L'entrée de la fosse s'élargit encore. Dans le fond grouillent d'innombrables serpents noirs.

– Il va falloir faire mieux que ça ! me prévient Fabien.

Nous sommes obligés de reculer encore. Nous nous rapprochons dangereusement des fléchettes empoisonnées. Je hausse ma voix d'une octave et entonne avec plus d'entrain :

– *Je suis aussi Méchante que j'en ai l'air : les Méchants garçons, j'leur botte le derrière !*

Le panneau commence à se refermer.

– Je suis vraiment obligé de faire ça, les gars ?

Je n'aurais pas dû m'arrêter : le sol se rouvre aussitôt.

– Rune !

– OK ! *Je suis aussi Méchante que j'en ai l'air : les Méchants garçons, j'leur botte le derrière ! Un pas en avant, deux pas en arrière ! Un pas sur le côté et un saut en l'air !*

Nous exécutons les mouvements indiqués par la comptine pendant que je chante. L'ouverture diminue au fur et à mesure. Après notre saut, elle a tout à fait disparu.

— La honte de ma vie !

Je suis mortifié, mais mes alliés s'en fichent. Ce ne sont pas eux qui se sont ridiculisés ! En tout cas, nous nous sommes bien rapprochés des portes que nous avions repérées un peu plus tôt.

Fabien se remet à examiner le plan.

— Il reste un défi, annonce-t-il.

— Sérieux ? s'étonne Loup. Les filles doivent faire tout ça à chaque fois qu'elles veulent aller dans leur chambre ?

— Non. Les pièges ne sont activés que lorsque tout le monde dort, explique Fabien.

— Alors pourquoi on n'a pas séché les cours pour venir quand ils ne fonctionnent pas ? s'emporte Loup. Ça aurait quand même été plus simple !

— Non : avec le monde qu'il y a la nuit, on risquait beaucoup plus de se faire prendre.

J'échange un regard avec mon allié poilu et hausse les épaules. Après tout, le but du jeu était que j'arrête de penser à Jez. Et ça marche plutôt bien, finalement : difficile de ruminer la trahison de sa pas-tout-à-fait-petite-amie-nouvellement-transférée quand on évite de justesse fléchettes empoisonnées et puits plein de serpents, ou qu'on chante des comptines qui vous collent la honte.

— Bon, c'est quoi le dernier piège ?

— Moi, répond une voix glaciale que je reconnais aussitôt.

Mon père ! On est grillés de chez grillé ! J'essaie désespérément d'inventer un mensonge, une raison justifiant notre présence dans le couloir des filles alors que tout le monde dort. Somnambulisme ? Non, il ne me croira jamais. Incendie ? Poison ? Famine ? Je ne trouve rien. Notre dernière heure ne va pas tarder à sonner.

— T'inquiète, me rassure Fabien, ce n'est pas lui. Ça fait partie du piège.

— Je m'occuperai de votre cas dans un instant, déclare le Maître de l'Épouvante à Fabien, avant de se concentrer à nouveau sur moi. Quant à vous : direction mon bureau. Exécution.

— Ne l'écoute pas, Rune, reprend Fabien. C'est la dernière épreuve. Il suffit de l'ignorer.

— Si vous faites un pas de plus, vous serez renvoyé, Rune !

Les yeux de mon père lancent des éclairs. Je saisis Fabien par l'arrière de sa cape. Il s'arrête, grognant de frustration.

— Rune, je te jure que ce n'est pas ton père, juste une projection magique. Elle ne peut rien nous faire.

– T'es sûr ? demande Loup en triturant nerveusement sa queue. Il fait plus vrai que nature !

Il faut que j'en aie le cœur net. J'y vais au culot :

– Je n'arrive pas à croire que vous menaciez de m'expulser, surtout après mon anniversaire.

– Pourquoi ?

– Depuis que vous m'avez offert ce cadeau, vous savez, je croyais que nous étions enfin plus proches, papa.

D'accord, j'en rajoute. Mais j'ai besoin de savoir si j'ai affaire à lui ou à une simple projection magique.

– Je me soucie de vous comme de ma dernière chemise. Ce cadeau ridicule n'a aucune valeur. C'est votre dernière chance, Rune. Dans mon bureau. Sur-le-champ !

– Désolé, mais ça ne va pas être possible, Sombrero.

Je me colle presque nez à nez avec le Maître de l'Épouvante.

– Tu ne m'as rien offert pour mon anniversaire, mon vieux. C'est vraiment pas ton style ! Tu es plutôt du genre mesquin. Et moche. Et en plus... tu n'existes même pas.

Je traverse la projection de mon père, qui disparaît.

– Ouah ! Spectaculaire, admire Loup.

– Et qu'est-ce que ça fait du bien ! Depuis le

temps que je rêvais de l'envoyer balader comme ça ! J'ai bien envie de recommencer, tiens.

– Plus tard, tempère Fabien. D'abord, il faut trouver la chambre de la princesse.

Dans la lumière glauque des torches, les portes en bois du tunnel, fixées dans la roche par de robustes gonds en métal, se ressemblent toutes.

– Euh… Comment on reconnaît celle d'Ileana ? demande Loup.

– C'est là, nous explique Fabien. Comme c'est une princesse, l'école a pris des dispositions particulières. La sécurité a été renforcée.

On s'est arrêtés devant une porte flanquée de deux gargouilles en pierre. Notre école me déçoit.

– C'est une blague ? Ils nous envoient chercher du feu dans des gueules de dragons pour allumer les torches du centre et ils pensent que deux pauvres sculptures vont nous impressionner ? En plus, celle-ci ressemble à mon ancien homme de main.

Je désigne la gargouille de gauche, dont les traits canins me rappellent Nono, l'ogre cynocéphale que j'avais pris à mon service. S'il avait l'air effrayant, il était surtout doué pour s'occuper des bébés, bizarrement.

Loup s'approche de la porte, prêt à en saisir la poignée, quand une espèce de courant magique traverse sa patte poilue.

— Aooouille !

Il lèche ses poils roussis.

— Ces gargouilles ne sont pas là pour nous faire peur, dit Fabien. Ce sont des gardiens magiques conçus pour reconnaître le sang d'Ileana. Ils ne laisseront entrer que la princesse ou quelqu'un de même sang qu'elle.

— Tu aurais pu me le dire plus tôt ! chouine Loup.

— De même sang qu'elle ? Comme sa mère, ou son père, tu veux dire ?

— Oui, Rune. Ou tout autre membre de sa famille, une sœur, ou même un frère…

— Alors on n'ira pas plus loin, conclus-je. À moins que l'un d'entre nous ne soit le maléfique jumeau de la princesse.

Je vois passer comme une lueur dans les yeux noisette de Fabien. De l'amusement ? Mais il ne dit rien de plus. Il sort une petite fiole pleine d'un liquide rougeâtre, presque noir dans la pénombre. Je fais un pas en arrière.

— Ne me dis pas que c'est…

— Tiens ! me coupe Fabien en fourrant le flacon dans ma main. Quand tu seras à l'intérieur, tu n'auras qu'à désactiver l'interrupteur qui commande le bouclier magique des gardiens. Mais ne réveille pas la princesse !

— Et dire que tu t'es fait virer de l'école de Morgane pour bonne conduite ! ricane Loup.

Fabien le gratifie d'un sourire diabolique qui lui va décidemment comme un gant. J'examine la fiole à la lueur d'une torche. D'habitude, les Méchants n'angoissent pas à la vue du sang, mais pour une raison que j'ignore, j'ai un haut-le-cœur. Je tiens le flacon avec précaution, comme s'il s'agissait d'un serpent venimeux.

— Mais comment tu as…

— Pas le temps de t'expliquer, Rune. Dépêche-toi !

Fabien me pousse vers la porte. Je me demande pourquoi il n'y va pas lui-même, mais il ne semble pas d'humeur à discuter de sa stratégie. C'est donc armé d'une fiole contenant sans doute le sang d'Ileana que j'approche une main de la poignée, prêt à battre en retraite au moindre chatouillis provoqué par la barrière magique.

Je me suis inquiété pour rien. Je traverse la barrière sans problème et attrape la poignée. J'ouvre la porte et me glisse dans la pièce. Pour la première fois de ma vie, j'entre dans la chambre d'une Méchante. J'aimerais savourer ce moment, mais Fabien et Loup m'attendent à l'extérieur. J'entends Fabien qui trépigne d'impatience.

— Grouille-toi, Drexler !

Je tâtonne à la recherche de l'interrupteur et désactive le système de sécurité. Mes alliés me rejoignent.

– Et maintenant ? murmure Loup.

– Maintenant, vous allez m'expliquer ce que vous faites là !

6
DISPARITIONS EN SÉRIE

J'entends le craquement d'une allumette. Une soudaine lumière me fait cligner des yeux. La princesse Ileana nous dévisage, une bougie à la main. On dirait une nouvelle apparition.

— Ça aussi, ça fait partie des pièges, Fabien ?

J'avance la main pour voir si je suis bien face à la véritable Ileana. Elle me colle une tape sur les doigts.

— Aïe ! Non, les gars : c'est la vraie, ce coup-ci.

— Comment vous avez réussi à passer ? s'étonne la princesse.

Je reste un instant sans rien dire. J'ai encore la fiole de sang à la main. Je la glisse rapidement sous ma cape.

— Un Méchant ne révèle jamais ses secrets !

— C'est bon pour les prestidigitateurs, ça, espèce d'andouille ! Alors, qu'est-ce que vous faites là ? insiste Ileana.

— Rune avait besoin qu'on lui remonte le moral, explique Fabien. Le départ de la vampire l'a chamboulé.

— Hein ? N'importe quoi ! Ça m'embête juste qu'elle ne m'ait pas prévenu, c'est tout.

Fabien a le don pour appuyer là où ça fait mal. Moi qui croyais que cette expédition était censée me changer les idées... Ileana essaie de me consoler :

— Ne t'en fais pas, Rune. Tu sais, tu n'es pas le seul à qui Jezebel va... euh... manquer.

— Quel cri du cœur ! se moque Loup.

— Ben, je ne la connais pas trop, mais...

Je n'écoute pas la suite, trop occupé à surveiller Fabien. Il profite de ce qu'Ileana ne le voit pas pour se faufiler derrière elle et fouiller discrètement dans ses affaires, farfouillant dans les objets de sa table de nuit et parmi les livres posés sur les étagères. Il s'aperçoit que je l'observe, pose un doigt sur ses lèvres et me fait signe de continuer à parler avec la princesse.

— Rune ? Tu m'écoutes ou quoi ? me demande Ileana.

— Bien sûr ! Hum, et comment je dois m'y prendre, à ton avis ?

— T'y prendre ?

— Oui, pour Jez. Tu sais. Tu es une fille. Est-ce qu'il faut que je lui... euh... envoie un cadeau ?

Je jette un coup d'œil à Fabien qui me fait à nouveau signe de la distraire. Puis il se baisse et regarde sous le lit de la princesse.

– Un cadeau, ça ne suffira pas. Si tu veux qu'une fille s'intéresse à toi, il faut que tu lui montres que tu partages ses centres d'intérêt. Qu'est-ce qu'elle aime, Jez? À part mordre et regarder tout le monde de haut?

– Euh… je ne sais pas. Je…

Fabien me sauve la mise en venant nous rejoindre. Il a l'air pressé de partir. Je coupe court à la discussion :

– Eh bien, merci pour ton aide, Ileana. Je vais suivre tes précieux conseils.

– Mais on n'a même pas…

– On verra ça demain. Il faut qu'on file se coucher. Fais de beaux rêves !

J'entraîne mes comparses dehors, laissant derrière nous une princesse perplexe, légèrement contrariée.

De retour dans le couloir, j'entends le bourdonnement de la barrière de protection qui se réactive. Je me tourne vers Fabien :

– On peut savoir ce que tu avais derrière la tête ?

– Maître Grigri, dit-il.

– Quoi ?

– Bonjour, les garçons !

Dans le dos de Fabien se découpe la silhouette rabougrie du professeur Grigri. Il porte une espèce de chemise de nuit démodée assortie d'un drôle de bonnet. Sa barbe lui arrive presque jusqu'aux pieds, enfoncés dans des pantoufles moelleuses. On le dirait tout droit sorti des *Contes de Ma Mère l'Oye*.

– Qu'est-ce que vous complotez ici, en pleine journée ? demande-t-il de sa voix sifflante.

Je bredouille :

– Euh… On est somnambules… Tous les trois.

Alors que je me dis qu'on ne va jamais s'en tirer comme ça, Grigri se met à ricaner.

– Ne t'inquiète pas, Rune. Tu ne me croiras peut-être pas, mais moi aussi j'ai été un jeune Méchant, impatient de s'illustrer auprès des Méchantes.

– Hein ? Non, ce n'est pas ce que…

– Pas la peine de t'affoler. Je ne dirai rien à ton père, me promet Grigri avec un clin d'œil. Mais vous devriez vous montrer plus prudents, les garçons. Je ne connais pas beaucoup d'autres professeurs, ici, qui fermeraient les yeux sur ce genre de frasques.

Pas beaucoup ? Sans blague ! Je n'en vois aucun, à part lui, qui nous laisserait filer après nous avoir pris à rôder dans le couloir des filles. Je vous ai déjà dit que le professeur Grigri était plutôt gentil, pour un Méchant ? Et qu'il avait l'air d'aimer son métier de prof, en plus ?

Mais il y a quelque chose qui m'intrigue : je ne vois pas Grigri sautiller pour éviter des fléchettes.

– Comment avez-vous réussi à déjouer tous les pièges ?

– Les pièges ? répète-t-il, visiblement surpris. J'ai appuyé sur le bouton pour les désactiver.

– On peut les désamorcer ? s'étonne Loup.

Fabien ressort son plan et l'examine un instant. Il montre un point sur la carte.

– Ah oui ! Désolé, dit-il en voyant nos mines.

– Bon, les petits, au lit maintenant ! ordonne le professeur.

Après l'avoir remercié, nous filons jusqu'au couloir des garçons, soulagés de nous en tirer à si bon compte.

En entrant dans notre chambre, je lance à Fabien :

– Qu'est-ce qui t'a pris ?

– Pardon. Je n'avais pas vu qu'il y avait un autre interrupteur avant que Grigri n'en parle, explique-t-il en ôtant ses bottes.

– Non, pas ça.

Il sort la tête de son haut de pyjama.

– Qu'est-ce qu'il y a ? Les Méchants ne mettent pas de pyjamas ?

– Non, je te parle de tout à l'heure, dans la chambre d'Ileana. Quand tu as fouillé partout.

Il baisse les yeux.

– Oh… J'ai pensé que, puisqu'on était là-bas, je pouvais en profiter pour fouiner un peu.

– Et alors ? Tu as trouvé quelque chose d'intéressant ?

– Juste ça !

Il me tend un carnet en souriant.

– Qu'est-ce que c'est ? Wouah ! Le journal d'Ileana ! Trop Méchant !

Nous le parcourons aussitôt, lisant quelques pages au hasard. Mais le sommeil prend vite le dessus et nous ne tardons pas à nous endormir.

Quand je me réveille, Fabien a disparu. Je n'ai pas entendu sonner le réveil. Je m'habille à toute vitesse et file à la cavefétéria. Ileana est déjà installée devant son petit déjeuner, mais Loup fait encore la queue. Pas de Fabien en vue. Je vais m'asseoir avec Loup à la table d'Ileana.

– Alors ? nous demande-t-elle.

– Quoi ?

La princesse me fusille du regard. Elle est habillée en rose, aujourd'hui : aussi discrète qu'un flamant rose au milieu d'une portée de chapistrelles ! Mais personne n'osera la taquiner pour autant. Depuis qu'elle a jeté des sorts à des brutes qui l'avaient cherché, tout le monde a compris qu'il valait mieux laisser cette Méchante tranquille.

– Oh. Désolé d'être entré par effraction dans

ta chambre, dis-je en enfournant une grosse cuillérée de Froussties.

– Je croyais que les Méchants ne s'excusaient jamais, se moque Loup.

– Ce ne sont pas des excuses que j'attends, reprend Ileana. Mais qu'on me rende ce qu'on m'a volé. Eh bien ?

Je soupire et sors son journal intime de ma cape. Surprise, elle le prend et me demande :

– Qu'est-ce que tu en as fait, Rune ?

– De quoi ?

La princesse semble m'en vouloir, mais je ne comprends pas pourquoi. Je me tourne vers Loup. Il a les oreilles dressées et a pris son regard de chien ahuri. La princesse se penche vers moi et appuie son index contre ma poitrine.

– Tu sais très bien de quoi je veux parler, Rune !

– Mais pas du tout !

– Oh ! Tu veux dire que si la boule de cristal d'Obscuro a disparu après ton passage dans ma chambre, ce n'est qu'une simple coïncidence ? Je ne trouve pas ça drôle, Rune !

– Je te jure qu'on ne l'a pas prise !

– C'est vrai, ajoute Loup. On discutait avec toi : tu nous aurais forcément vus la prendre.

La princesse fronce les sourcils. Loup se fait tout petit et lape bruyamment son lait.

J'essaie de prendre un air innocent. Mais si je m'efforce trop de paraître innocent, j'aurai sans doute l'air encore plus coupable. Je commence à me tortiller et à transpirer un peu.

— Toi, tu as quelque chose à te reprocher, déclare malgré tout Ileana. Je savais que tu étais Méchant, ajoute-t-elle en se levant avec son plateau, mais j'ignorais que tu étais aussi un crétin ! Et dire que je voulais t'aider !

— Ileana, attends !

Elle me tire la langue et s'enfuit.

— C'est toi qui as volé la boule de cristal, Loup ? Allez, crache le morceau !

— Non. Je suis resté avec toi tout le temps. Comment tu as fait pour lui piquer son journal, d'ailleurs ?

— C'est pas moi, c'est Fabien.

— Alors c'est lui qui a dû prendre la boule, aussi.

— Bien sûr ! Mais où est-il ?

J'ai beau regarder partout autour de moi, pas de trace de Fabien.

— Je ne l'ai pas vu, aujourd'hui, dit Loup.

— Génial ! Ileana a filé. Jez est partie. Impossible de trouver Fabien. Qui dit mieux ?

Une voix que je connais bien, avec un faux accent anglais, résonne dans les haut-parleurs.

— Votre attention, s'il vous plaît. Je suis terriblement navrée d'avoir à vous annoncer que le professeur Obscuro a disparu. Si qui que ce soit sait quoi que ce soit, qu'il vienne m'en faire part à moi, votre nouvelle directrice, Dame Morgane. Je vais assurer la direction du Centre à la place du Maître de l'Épouvante, en attendant qu'on le retrouve.

Décidément, ça ne s'arrange pas…

7

CENTRE DE REDRESSEMENT POUR MÉCHANTS RÉCALCITRANTS DE DAME MORGANE

Assommés par la nouvelle, Loup et moi quittons la cavefétéria.

— Morgane est derrière tout ça, Loup. Je ne sais pas comment ni pourquoi, mais je suis sûr que c'est elle qui a fait le coup.

Il faut que je retrouve Fabien pour lui demander si c'est bien lui qui a volé la boule de cristal dans la chambre de la princesse. Et pour quelle raison. Pas pour lui faire la morale, vous pensez bien ! Mais il est hors de question que je paie à sa place. Plus important, je veux découvrir pourquoi mon père a disparu et comment Dame Morgane s'est-elle retrouvée propulsée d'un coup à la tête du Centre.

— Tu crois que Morgane a capturé ton père ? demande Loup. Peut-être qu'elle l'a enterré vivant.

– Elle en est bien capable. Il se trame quelque chose. Je sens que je n'ai qu'à imbriquer correctement les pièces du puzzle : Morgane, la boule de cristal de mon père, Fabien Negati… *Negati*…

Quelque chose me fait tiquer dans ce nom, mais quoi ? Ileana me rentre dedans, stoppant net mes pensées.

– Rune ! Ah, ouf ! Tu es là ! Tu as entendu l'annonce ?

– Évidemment ! Alors ça y est, tu me pardonnes ? Quelles girouettes, ces princesses !

– C'est Fabien ! s'exclame-t-elle en brandissant le parcheminfos qu'elle avait pris à Jez.

– Oui, c'est ce qu'on pense aussi. Même si je ne vois pas pourquoi il a volé la boule de cristal. Peut-être parce que Morgane lui a demandé de faire preuve de plus de Méchanceté pendant que…

Ileana me flanque un coup de parcheminfos sur le crâne.

– Mais non, crétin !

Deux Filous trolls passent en nous regardant de travers. La princesse baisse d'un ton :

– Il faut qu'on parle. Dans un endroit secret. Sans Fabien. Retrouvez-moi dans la Caverne de la Prophétie après le cours !

Puis elle s'enfuit dans le couloir.

– Qu'est-ce qui lui prend ? demande Loup.

– J'imagine qu'on en saura plus tout à l'heure.

Je ne comprends pas bien pourquoi Ileana n'a pas voulu sécher les cours pour discuter tout de suite. Loup s'en va, me laissant ruminer. Alors que j'hésite à aller affronter Morgane sur-le-champ, une fille me bouscule.

– Non mais qu'est-ce que vous avez, toutes ?... Jez !

Incroyable. Elle est là, juste en face de moi. Elle a l'air un peu froissée, comme si elle avait dormi tout habillée. Encore plus pâle que d'habitude, elle est dans tous ses états. Elle m'attrape par les épaules.

– Rune ! Ah, ouf ! Tu es là ! Écoute, il faut qu'on parle. On n'a pas beaucoup de temps. Si elle me retrouve... Hé ! Où tu vas ?

Je la plante là et poursuis mon chemin.

– Rune ? Rune !

– Je n'ai pas envie de te parler.

– Pourquoi ?

– Oh, je ne sais pas. Voyons voir... Peut-être parce que tu es partie sans même me prévenir. Ce sont mes alliés qui m'ont annoncé la nouvelle ! J'ai été le dernier à l'apprendre, alors que j'aurais dû être le premier Méchant au courant !

– Je suis désolée, Rune. J'ai essayé de te le dire. Tu ne t'en souviens pas ? Après la fête dans la Caverne de la Prophétie. Mais tu n'as pas voulu m'écouter.

– Tu aurais pu le faire bien avant !
– Je sais, mais... C'est juste que... Je ne voulais pas... J'étais...

Elle m'implore des yeux. Je croise les bras et lui fais mon regard qui tue.

– Oh ! Si tu le prends comme ça !

Et *pop !* Jezebel se change en chauve-souris et s'envole à tire-d'aile.

Je me sens tout bête. Pas parce que je l'ai blessée, non, parce que j'ai coupé court sans le vouloir à la conversation. J'avais plein d'insultes en stock à lui balancer à la figure, moi !

Une demi-heure plus tard, je suis en cours de Solfilège avec Grigri, mais j'ai l'esprit ailleurs. Je n'arrête pas de me demander ce qui a pu arriver à mon père. Et à Fabien. J'en suis presque à regretter de ne pas avoir écouté Jezebel. Et si elle avait quelque chose d'important à me dire ?

Quelqu'un frappe à la porte, me tirant de mes pensées. Coiffée d'un capuchon noir, une armoire à glace entre dans la pièce. C'est l'un des bourreaux à la solde de Morgane.

– C'est à quel sujet ? demande Grigri.

Le bourreau me désigne de son poing massif.

– Rune, tu peux disposer, annonce mon professeur.

Ma gorge se noue. Je fourre mes affaires dans

mon sac et suis le bourreau balèze en traînant les pieds jusqu'au bureau de mon père. Un colosse, vêtu de la même tenue, se tient d'un côté de la porte. Celui qui m'accompagne se place de l'autre côté. On dirait deux serre-livres démesurés.

La porte s'ouvre. Dame Morgane apparaît, enveloppée de son nuage de parfum toxique. Elle agite l'un de ses longs ongles rouges dans ma direction.

— Rune Drexler. Entre.

Je lui obéis. La porte se referme. C'est étrange de la voir s'asseoir à la place de mon père. Rien n'a changé. Ou presque. Dans la vitrine, pas la moindre boule de cristal. Et dans le recoin poussiéreux où Semel aime se coucher, pas la moindre chapistrelle. Où peut-elle bien être ?

— Alors ? lance brusquement Morgane.

Elle se prélasse dans le fauteuil de mon père, me fixant de ses yeux verts. Je croise les bras dans une posture de défi. D'accord, je ne suis pas rassuré, mais pas la peine de faire plaisir à Morgane en lui montrant qu'elle m'impressionne.

— Alors quoi ?

— Qu'as-tu fait d'Obscuro ?

— Moi ? J'allais vous poser la même question !

— Oh, allons, allons, Rune ! Je sais que tu le détestes depuis toujours. Il est évident que toi et tes petits amis avez comploté pour vous débarrasser de lui.

— Elle est bien bonne, celle-là ! C'est vous qui êtes derrière cette histoire.

— Je pense que tu vas avoir du mal à le prouver, lâche-t-elle avec un sourire diabolique.

Oooh… ! Difficile de faire plus machiavélique que Dame Morgane. Je tomberais presque sous son charme si elle n'avait pas pris le contrôle de l'école de mon père ni essayé de me tuer le semestre dernier ni… Non. Au temps pour moi. Je n'arriverai jamais à la supporter.

— Où est la fille de Dracula ? Celle que tu appelles la comtesse Jezebel ?

— Jez ?

Je la revois dans le couloir, tout à l'heure, l'air épuisé, effrayé. Qu'est-ce qui s'est passé à l'Institut ? Est-ce que Jez est en danger ? Même si j'en veux encore à la comtesse, je ne suis pas près de la balancer à la sorcière.

— Comment voulez-vous que je le sache ? Je croyais qu'elle était partie dans votre école pour snobs.

— Mon école, c'est celle-ci, maintenant : le Centre de Redressement pour Méchants Récalcitrants de Dame Morgane. Ça sonne bien, tu ne trouves pas ?

— Non.

— Tu t'y feras. Je te le promets. Tu peux disposer.

Elle me fait signe de sortir, comme si j'étais un

vulgaire domestique. Alors que je m'apprête à partir, elle ajoute :

– Ah, Rune ! N'essaie pas de faire le malin. C'est moi qui dirige cet établissement, désormais.

Je lui jette un regard noir avant de filer. Je suis en retard à mon rendez-vous avec Ileana et Loup, et nous avons beaucoup de choses à voir. Quand j'arrive à la Grande Horloge, je m'assure que personne ne m'observe. Puis j'appuie sur l'œil du petit monstre hideux qui déclenche le mécanisme secret. Une torche à la main, je descends rapidement à la Caverne de la Prophétie.

La princesse Ileana et Loup Junior sont déjà là. Ileana tape du pied dans sa pantoufle rose. Les bras croisés, elle tient un parcheminfos.

– Tu es en retard, Rune !

– Un bourreau m'a traîné devant Morgane pour qu'elle puisse me faire son numéro de crâneuse.

– C'est vrai ? s'exclame Loup en frissonnant de la queue jusqu'aux oreilles. Tu as de la chance d'être encore en vie.

– Tu m'étonnes !

– Tu as croisé Fabien ? questionne Ileana.

– Non, il a disparu. Mon père aussi. C'est plus que louche.

– Je sais, reprend Ileana. Tenez, regardez.

Elle étale le parcheminfos par terre et nous

montre l'article consacré à Docteur Bienfait et à son fils Ange.

— On l'a déjà lu, commente Loup.

— Vous ne remarquez rien?

Nous reprenons l'article.

— Apparemment, le fils de Docteur Bienfait a échoué dans sa quête pour renverser Morgane, note Loup.

— Oui. Mais ce n'est pas tout.

Ileana déroule le parchemin pour retrouver la photo du Docteur et de son fiston, avec leurs masques de Héros.

— Vous ne voyez rien d'autre?

— Euh... Ce garçon a un sourire d'un blanc effrayant, mais à part ça...

— Je vous montre, dit la princesse.

Elle ramasse un caillou pour gratter un nom sur le sol de la grotte:

Ange Bienfait.

Je me moque d'elle:

— Excellent travail, Ileana. Vous avez fait preuve d'ingéniosité en utilisant cette pierre comme outil pour écrire. Très belle calligraphie. Vous aurez vingt sur vingt pour vous être montrée parfaitement inutile.

Ce n'est pas très sympa de ma part, mais je m'en fiche. Cette prétentieuse de Morgane m'a mis en rogne. Je crois qu'Ileana est sur le point de m'étrangler.

— Regarde bien, Rune !

Elle barre une à une les lettres du nom du jeune Bienfait et les replace en dessous dans un ordre différent. Elle obtient un nouveau nom :

Fabien Negati.

— Pas possible !

Je parcours à nouveau le parcheminfos, examinant la photo, plus attentivement cette fois. Ileana nous indique une petite cicatrice sur le sourcil du garçon.

— Je l'ai repérée juste après le petit déjeuner. J'étais retournée dans ma chambre pour essayer de remettre la main sur la boule de cristal. Je m'en voulais de t'avoir crié dessus. Après tout, je ne l'avais peut-être pas rangée là où je le pensais. En la cherchant, j'ai retrouvé ce parcheminfos sous mon lit, et, je ne sais pas, j'ai eu comme un déclic.

— C'est bien Fabien ! Je l'ai surpris, une nuit, dans notre chambre. Quand je suis entré, il tenait un costume de Héros ! Il a prétendu que ce n'était pas le sien, que les élèves de Morgane lui avaient fait une farce.

Même si la photo est en noir et blanc, je reconnais le costume du fils de Bienfait : c'est celui que j'ai vu entre les mains de Fabien.

– Qu'est-ce que vous en pensez ? demande Loup. Que Fabien est un Héros et qu'il a volé la boule de cristal d'Obscuro ? Ou que Morgane est derrière tout ça ?

– Je ne sais pas... Si seulement j'avais écouté Jezebel !

– Quand est-ce que tu l'as vue ? s'étonne la princesse.

Il me semble détecter une légère pointe de jalousie dans sa voix. Eh oui ! Les Méchantes sont toutes folles de moi.

– Dans un couloir, juste avant le cours de Grigri. Elle avait l'air inquiète. Morgane m'a dit qu'elle recherchait Jez. Je suis sûre que la comtesse est au courant de toute cette affaire. Mais pourquoi je me suis montré aussi stupide avec elle ?

Pop ! Jezebel sort des ténèbres.

– Eh bien, tu en auras mis du temps à le reconnaître, Rune Drexler, dit-elle en souriant.

8
TRAÎTRES

Ça alors ! Je n'arrive pas à y croire.
— Attends, Jezebel. Tu veux dire que si Obscuro t'a convoquée dans son bureau, c'était pour te demander de jouer les espionnes dans l'école de Morgane ?
— Oui, Rune. Quelque chose dans sa boule de cristal lui a laissé penser qu'elle préparait un mauvais coup. Et comme je suis une excellente élève, il m'a choisie pour cette mission.

Dans le dos de Jezebel, Ileana fait une grimace.
— Ou il a juste pensé que ce serait plus pratique, parce que tu peux te changer en chauve-souris, suggère Loup.

Jez fait celle qui n'a pas entendu.
— Me dissimuler à l'intérieur de l'Institut n'a pas été trop difficile ; j'ai passé beaucoup de temps à espionner. Tout le monde savait qu'un Super-Héros

avait été envoyé pour renverser Morgane et prendre le contrôle de son école, et qu'il avait échoué. En revanche, presque personne ne savait que ce même Super-Héros avait conclu un marché avec Morgane.

– Comment tu l'as découvert ? demande Loup.

– Un jour, en fin d'après-midi, alors que j'étais suspendue à une poutre près du bureau de Morgane, un visiteur est arrivé ; la plupart des élèves dormaient encore. Le visiteur, escorté par l'un des bourreaux de la sorcière, portait une cape à capuche. La porte s'est ouverte, et il est entré dans la pièce. J'ai réussi à me faufiler discrètement derrière lui, puis je suis restée dans l'ombre, postée sur une étagère.

Jez nous rejoue alors la scène entre Morgane et son visiteur :

– Tu l'as ?

– Pas encore.

– Ange, Ange… Nous avons un marché, tu n'as pas oublié ? Quand tu as lamentablement échoué à me vaincre, je me suis montrée clémente envers toi. Maintenant, si tu veux que je te livre Obscuro, tu dois m'apporter la boule de cristal. J'en ai besoin pour prendre le contrôle de son école.

– Je suis aussi impatient que vous, ma Dame. Dès que le Maître de l'Épouvante sera mon prisonnier, je sais que

mon père m'accueillera à nouveau à bras ouverts dans la communauté des Héros !

Je me permets de couper Jez :
— C'est donc bien Fabien qui a fait le coup ! Il a kidnappé Obscuro !
— Attendez ! s'exclame Loup. Est-ce que ça veut dire qu'il a donné la boule de cristal à Morgane ?
— Quand je lui ai parlé dans le bureau de mon père, tout à l'heure, la boule n'y était pas, en tout cas...
— Comment Fabien a-t-il réussi à vaincre un Maître aussi puissant qu'Obscuro ? s'étonne Ileana.
— Cramponne-toi à ta couronne : j'allais y venir, reprend Jezebel. Tout ça s'est passé il y a quelques jours. J'ai envoyé un rapport à Obscuro, mais hier, Fabien, ou Ange – peu importe son nom – est revenu. J'ai à nouveau épié sa conversation avec Morgane.

— Alors, Ange ?
— J'ai la boule de cristal. Mieux que ça, je m'en suis servi, ainsi que de la potion que vous aviez concoctée, pour capturer Obscuro.
— Donne-la-moi !
— C'est une arme puissante.
— Donne-la-moi tout de suite !
— Vous savez... Maintenant que j'ai capturé le Maître

en Méchanceté, mon père me laissera rentrer à l'école des Héros. Et si, en plus, je lui rapporte ça...

— Et là, poursuit Jez, Fabien a sorti la sphère de sous sa cape pour jongler avec. Morgane allait lui jeter un sort, mais Fabien a éclaté de rire. Avant qu'elle ait eu le temps de passer à l'attaque, il s'est envolé par la porte. Vous m'avez bien entendue ? Envolé !

— Ça explique comment il a réussi à faire l'aller-retour aussi vite entre les deux écoles de Méchants, dis-je.

— Tout est ma faute ! se lamente Ileana. Si je n'avais pas volé la boule de cristal dans le bureau d'Obscuro...

— C'est Fabien qui en a eu l'idée en premier, rappelle Loup.

— Oui, je m'en souviens ! Parce qu'il ne pouvait pas forcer la serrure de la vitrine de mon père. Il t'a manipulée, Ileana. Il nous a tous bien eus. Qu'est-ce qui s'est passé ensuite, Jez ?

— Eh bien, pendant que j'espionnais du haut de l'étagère, je me suis collé de la poussière plein la truffe. Je n'ai pas pu me retenir d'éternuer. J'ai cru que Morgane ne m'avait pas entendue : erreur. Dès que Fabien est parti, elle m'a jeté un sort pour me retransformer en fille. Ensuite, elle m'a attachée avec une corde ensorcelée pour m'empêcher de me métamorphoser, puis elle m'a traînée sur un bateau. Et nous avons vogué vers le Centre.

– Comment tu as réussi à t'enfuir ?

– Mes liens étaient peut-être à l'épreuve de la magie, Rune, mais pas à celle de mes canines, s'amuse Jez. Je les ai rongés pendant la traversée et me suis envolée jusqu'à vous.

– Il faut faire quelque chose ! déclare Ileana.

– Mais quoi ? Fabien, enfin Ange, est sans doute parti depuis longtemps avec le Maître de l'Épouvante, remarque Loup.

– Je pourrais en informer mon père, propose Jez.

Nous savons tous que le père de Jez, Dracula, n'est en réalité qu'un riche égoïste qui ne se donnera sans doute pas la peine de nous aider.

– J'ai une meilleure idée, annonce Ileana.

Elle n'a pas le temps de nous l'expliquer : nous sommes soudain figés, incapables de bouger comme de parler.

– Tiens, tiens, tiens… dit Morgane en sortant de l'ombre où elle se tenait cachée. Qu'est-ce que vous êtes intelligents, ma parole ! Me voilà démasquée, on dirait. Mais ce n'est pas la peine d'embêter le comte Dracula avec ça. De toute façon, quand il apprendra que vous êtes tous des traîtres, il ne croira pas un mot de ce que vous lui raconterez.

Morgane exulte. Elle ignore la règle de base du métier de Méchant : ne jamais se lancer dans des monologues ! Vous laissez trop de temps à ceux qui sont à votre merci : ils en profitent pour préparer leur évasion. Et à cet instant, j'espère bien que l'un de mes alliés concocte un plan, parce que moi, je ne sais pas du tout comment nous sortir de là. Morgane tourne autour de nous, faisant courir ses ongles longs sur nos épaules.

– Eh oui, poursuit la sorcière. Vous étiez de mèche avec ce gentil Ange pour vous débarrasser d'Obscuro. Vous devriez avoir honte ! L'aider à voler la boule de cristal du Maître de l'Épouvante. Franchement…

J'ai envie de hurler : « Mensonges ! », mais je ne peux toujours pas ouvrir la bouche. Morgane cesse son petit manège et s'arrête devant la porte où l'ancienne prophétie est gravée.

– Dire que c'est ici que tout a commencé. Une graine de méfiance a été semée dans cette petite salle, une graine qui a germé pour se changer en une amère rivalité. Tout ça… à cause de ça.

Elle passe ses griffes rouges sur l'inscription.

– Et aujourd'hui, cela va enfin s'achever ! conclut-elle.

Je n'ai pas la moindre idée de ce qu'elle veut dire. Quel rapport entre cette histoire et la prophétie ?

Je n'ai pas le temps d'y réfléchir : Morgane fait claquer ses doigts, et ses bourreaux déboulent pour se saisir de nous.

Voilà comment nous nous sommes retrouvés suspendus la tête en bas au-dessus de chaudrons bouillonnants, dans le cachot des punitions. Morgane a annoncé aux élèves que les traîtres responsables de la disparition du Maître de l'Épouvante avaient été capturés et punis. Elle n'a, en revanche, mentionné ni Ange Bienfait ni l'endroit où se trouve mon père.

— Cette maudite vapeur va ratatiner ma coiffure ! se lamente la princesse Ileana, ligotée à ma gauche.

— Ta coiffure ? s'exclame Loup Junior, ficelé en face de moi. C'est rien à côté de ma fourrure !

— Je vais le dire à mon père, et ils vont voir ce qu'ils vont voir ! fulmine la comtesse Jezebel à ma droite.

Morgane nous a fait attacher avec des chaînes anti-magie. Ileana essaie de s'écarter de son chaudron en se balançant. Elle a déjà réussi à ouvrir le cadenas qui retenait les chaînes à ses mains.

— Si j'arrive à forcer celui qui bloque mes jambes, sans tomber dans l'eau…

— Laissez-moi vous aider, dit une voix.

Surpris, nous relevons la tête. Un instant, j'ai

peur que Morgane ne soit revenue pour nous achever. Mais ce n'est pas elle.

— Maman ! crie Ileana.

— Reine Catalina ! Que faites-vous ici ?

— Je vous raconterai plus tard. Il faut d'abord vous sortir de là.

Elle détache Ileana qui aide ensuite sa mère à nous libérer. Impossible de retourner dans nos chambres. Il nous faut un endroit qui ne grouille pas d'élèves ; je sais exactement où conduire mes alliés.

Nous filons à l'antre des dragons, où Kremanglez est occupée à mordiller les oreilles de Fafnir qui essaie de dormir. Pendant que nous reprenons notre souffle, j'en profite pour remercier la reine.

— Comment avez-vous su que nous avions besoin d'aide ?

— Hier, Semel est arrivée chez moi avec un message de Veldin — le Maître de l'Épouvante, veux-je dire — expliquant qu'il craignait que Morgane ne le trahisse. Jusque-là, rien de surprenant. Mais il a ajouté qu'un espion, qu'il avait envoyé à l'école de Morgane et en qui il avait toute confiance, le lui avait confirmé.

En entendant ces mots, Jez se redresse un peu et lance un regard hautain à Ileana. Captivée par sa mère, la princesse n'y prête aucune attention.

— Je n'ai jamais vraiment aimé Morgane, confie

la reine. Après l'attaque qu'elle a manigancée contre mon royaume l'année dernière, j'ai mis Veldin en garde contre elle. Quand Semel m'a apporté son message, je me suis précipitée ici, grâce à quelques sorts bien utiles que je garde en réserve. Mais quand je suis entrée dans le Centre, j'ai entendu Morgane proclamer qu'elle avait arrêté les traîtres responsables de la disparition d'Obscuro. J'ai compris qu'il était déjà trop tard pour Veldin. Enfin, j'aurai au moins réussi à vous retrouver !

— Et maintenant ? demande Loup Junior, en léchant sa fourrure couverte de vapeur d'eau.

— Je vais vous conduire en sécurité, déclare la reine.

— Non !

Tout le monde se retourne vers moi.

— Maintenant, on va sauver mon père !

9
MÉCHANTS À LA RESCOUSSE

— **C**ertainement pas ! Nous venons d'esquisser un plan d'action sommaire, mais la reine Catalina y est farouchement opposée.

— Maman, nous n'avons pas le choix, insiste la princesse en s'approchant prudemment des dragons.

Fafnir ne semble pas le remarquer, mais Kremanglez dresse aussitôt les oreilles et lève sa petite tête jaune vers Ileana. J'espère qu'elle sait ce qu'elle fait : comme parfum, il n'y a pas pire que « princesse carbonisée ».

— Je ne vous le permettrai pas. C'est beaucoup trop dangereux pour des enfants. Je suis désolée, mais…

Elle a à peine le temps de préparer une formule pour nous arrêter qu'Ileana riposte, lui envoyant un sort de son cru. La reine se retrouve figée, réduite au silence, exactement comme nous tout à l'heure. Ileana paraît elle-même surprise de son succès.

– Oh, ça a marché ! Désolée, Maman. Le sortilège s'estompera dès que nous serons partis.

Elle fait un bisou à sa mère et nous, nous marmonnons des excuses à la reine. C'est pas très sympa de l'immobiliser comme ça alors qu'elle se faisait du souci pour nous et qu'elle est venue nous libérer. Pour Jez, Loup et moi, elle est un peu la mère que nous n'avons jamais eue. Eh, pas la peine de me juger ! Même les Méchants peuvent avoir des scrupules à balancer des sorts à des dames aussi gentilles ! Et à s'inquiéter pour des princesses.

– Tu es sûre que tu vas y arriver, Ileana ?

Elle roucoule déjà bizarrement avec Kremanglez. Fafnir commence à s'intéresser à ce qui se passe et pose son regard laiteux sur la princesse. Le fait qu'Ileana sache parler aux animaux volants est assez embarrassant, mais, dans la mesure où elle négocie avec nos moyens de transport, je ferme les yeux, pour cette fois. En plus, il y a une grosse différence entre les oiseaux et les dragons. Vous ne me croyez pas ? Nettoyez donc la cage d'un oiseau, puis l'antre d'un dragon. Très grosse différence, je vous assure.

Les deux dragons se courbent le plus bas possible pour nous permettre de grimper sur eux.

— Tout le monde est prêt ? demande la princesse en enfourchant comme elle peut le vieux dragon.

Jezebel monte sur Kremanglez. De la fumée sort par les naseaux de la jeune dragonne. Elle agite la queue, mais elle n'essaie pas de croquer Jez, ce qui est plutôt bon signe (à mon avis). Ileana et Jezebel me regardent, comme si elles attendaient que je choisisse entre elles. Nom d'un troll !

Heureusement, Loup Junior me sauve en s'installant à côté de la princesse. Il m'adresse un clin d'œil. Il faut que je pense à lui trouver un bon gros morceau de foie de mouton cru pour le remercier. Je me place derrière Jezebel. Ne sachant pas quoi faire de mes mains, je croise les bras sur ma poitrine, ce qui est complètement stupide : je manque de dégringoler dès que Kremanglez se redresse.

— À quoi on se tient ? demande Jez à Ileana.

La princesse fait apparaître des rênes sur chacun des dragons.

— Où tu as appris ce genre de tour ? Certainement pas avec Grigri ! dis-je, impressionné.

— Ma mère m'a montré quelques sortilèges en cachette, avoue la princesse.

Honteux, nous nous tournons vers la reine. Toujours figée, elle nous suit des yeux avec inquiétude.

— Ne vous faites pas de souci pour elle, nous rassure Ileana.

La princesse s'adresse ensuite aux dragons. Kremanglez bondit en l'air. Ileana lance un nouveau sort pour briser les chaînes des bêtes. Jez et moi décollons aussitôt. Il faut un peu plus de temps pour convaincre Fafnir de s'envoler, mais il finit par rejoindre Kremanglez.

Loup s'agrippe de toutes ses forces à Ileana.

– Comment on sort d'ici ?

Kremanglez est déjà sur le coup. Elle se précipite en rugissant au sommet de l'immense caverne. Puis elle fait volte-face, nous éjectant presque, Jez et moi, et attaque la paroi du plafond avec les pointes de sa queue. Après quelques assauts, la roche se fissure, puis s'effrite, formant bientôt un trou de la taille d'un dragon. Bientôt, nous volons à l'extérieur, au-dessus de paysages nocturnes.

Jez crie pour se faire entendre par-dessus le rugissement du vent :

– Où est-ce qu'on va, au juste ?

– À l'Académie de Docteur Bienfait !

– Mais où elle se trouve ?

– Hum… par là, dis-je en montrant vaguement l'ouest.

– Tu n'en sais rien !

– Ben non…

– Et tu as l'intention de tourner en rond jusqu'à ce que le soleil se lève ?

Nerveuse, Jezebel regarde en arrière : le ciel a déjà pris une teinte violette. Les vampires ne savent vraiment pas apprécier le lever du jour !

— Les hommes devraient apprendre à demander leur chemin, commente Ileana.

Elle recommence à roucouler. Une nuée de moineaux décollent des arbres en dessous. Ils l'encerclent et gazouillent avec elle. Il y en a même un qui vient se poser sur sa main. S'ensuit tout un tas de pépiements et de piaillements à faire frémir un Méchant. Puis le petit oiseau rejoint les autres, et ils retournent se percher sur leurs branches.

— C'est par là ! déclare la princesse.

— Wouah, impressionnant !

Jez me flanque aussitôt un coup de coude dans les côtes. Il faudra que je me souvienne de ne pas faire de compliments à la princesse quand je suis aussi près de quelqu'un qui peut me tuer d'un simple coup de canine.

Ileana prend la tête du groupe avec Fafnir. Assis derrière elle, Loup a surmonté sa peur de voler. Il contemple le paysage, oreilles et langue au vent. Jez et moi prenons régulièrement de petites salves de salive dans la figure.

Après un peu plus d'une heure, nous distinguons l'Académie de Docteur Bienfait pour Super-Héros Supérieurs : un château blanc argenté, taillé dans la montagne et pourvu d'une myriade de fenêtres à travers lesquelles se déverse une lumière jaune. Menant à l'entrée principale, un pont de pierre enjambe une rivière. Derrière le palais, une cascade dévale le flanc de la roche. La lune illumine le tableau. Il y a de quoi avoir la nausée.

— Berk ! fait Jezebel. Ça m'étonne qu'ils n'aient pas encore construit un parc d'attractions autour.

Haut dans le ciel, les dragons décrivent d'amples cercles, à la recherche d'un endroit où se poser le plus discrètement possible. Ils aperçoivent un carré d'herbe situé au pied d'une falaise et descendent en spirale.

Loup Junior se laisse glisser à terre.

— C'est quoi le plan, déjà ?

— Il faut trouver un moyen d'entrer, remettre la main sur la boule de cristal de mon père, l'utiliser pour le localiser, et s'enfuir.

— Hum… Et comment tu comptes t'y prendre, Rune ?

— Aucune idée !

— En tout cas, il va falloir se dépêcher, nous rappelle Jezebel.

À l'est, le ciel a pris une teinte d'un jaune rosé.

— Tu as raison. Venez !

Je conduis mes alliés près de la rivière qui borde le château. Sous le pont, je repère ce que j'espérais.

– Un conduit d'évacuation ? Jamais de la vie ! s'indigne Jezebel.

– C'est toi qui vois. Tu préfères finir trempée ou cramée ?

Le soleil choisit justement cet instant pour passer au-dessus de la ligne d'horizon. Les premiers rayons n'atteignent pas encore notre cachette, mais ce n'est qu'une question de minutes.

– Moi d'abord ! s'écrie Jezebel.

Et *pop !* elle se change en chauve-souris et s'élance dans le conduit. Il n'y a plus qu'à la suivre. Alors que nous progressons péniblement dans la crasse puante d'un tunnel aux eaux usées, Loup s'arrête net.

– Quelqu'un peut me rappeler pourquoi on est là ? Excuse-moi, Rune, mais qu'est-ce que ça peut faire que Morgane ait pris la place de ton père à l'école ?

Ileana répond à ma place :

– Eh bien... Morgane sait que tu es au courant du marché qu'elle a conclu avec un Super-Héros pour faire kidnapper Obscuro. Tu crois sincèrement qu'elle va te laisser en vie ? Oh, bien sûr, elle ne passera sans doute pas à l'acte devant toute l'école. Mais tu seras obligé de vérifier que ton foie de mouton n'a pas été empoisonné, de vivre dans la peur qu'un « accident » ne te guette à chaque détour de couloir – une dégringolade dans un escalier un peu trop glissant, un rocher qui se détache pile au bon moment, et *crac!*...

Loup sursaute. La queue entre les jambes. Il couine, mais ne fait plus de commentaires.

Ileana m'adresse un clin d'œil. Juste quand je me disais que cette princesse roucoulante n'était qu'arc-en-ciel et guimauve, la voilà qui balance un discours méchamment tordu qui me rappelle qu'elle fait bien partie des nôtres.

– Je crois que je vois une sortie, piaille Jezebel devant nous.

Nous avançons difficilement jusqu'à elle. Au-dessus de nous, une eau putride dégouline d'une grille. Celle-ci doit conduire aux toilettes du château.

– Ça s'écoule, ricane Loup. Vous avez saisi? S'écoule, c'est cool?

Personne ne rit de son jeu de mots miteux. La grille est à plus de deux mètres du sol, et les trous sont trop petits, même pour laisser passer Jez.

– Comment on va l'atteindre? demande Ileana.

– Je croyais que tu maîtrisais tous les sorts, Altesse de mes fesses, lance Jezebel.

– Je ne suis au Centre que depuis quelques semaines, moi, comtesse Vampire-que-Tout. Vous y avez passé presque toute votre vie. Vous n'avez pas appris un seul sortilège, ma parole?

– Tu m'as traitée de quoi ? s'offusque Jezebel.

J'interviens tout de suite :

– Oh, les filles ! On reste concentrés, là.

Comme aucun d'entre nous ne connaît de formule magique pour sortir d'un égout, il va falloir employer les bonnes vieilles méthodes. Je grimpe sur le dos de Loup et essaie d'attraper la grille. J'arrive à la saisir avec mes doigts, la pousse vers le haut et réussis à la faire glisser. Je passe prudemment la tête par l'ouverture.

– Qu'est-ce que tu vois ? demande la princesse.

– Des toilettes.

Jezebel monte à son tour et débouche dans un cabinet. Je l'imite, puis j'aide Loup à monter aussi pendant qu'Ileana le pousse par-derrière.

– Ôte ta queue de ma figure ! grommelle-t-elle.

Une fois Loup en haut, je me baisse pour attraper la princesse. Puis je remets la grille en place.

– Et maintenant ? chuchote Jez en se perchant sur mon épaule.

– D'abord, on sort d'ici !

Il faut dire qu'on manque cruellement de place : Ileana est debout sur la cuvette des W.-C., et Loup serré contre moi. J'ai le visage écrasé contre la porte. Soudain, Loup dresse les oreilles. Nous nous figeons tous. Un groupe de garçons fait son entrée dans les sanitaires.

— Pourquoi tu nous as convoqués aussi tôt ? demande un garçon en bâillant. Tout le monde dort encore.

— Justement, crétin, répond une voix que je reconnaîtrais entre mille.

À la façon dont mes alliés me regardent, je comprends qu'eux aussi l'ont reconnu : c'est Fabien Negati, dont le nom est en réalité Ange Bienfait. J'essaie de glisser un œil par l'entrebâillement de la porte, mais les Héros se tiennent en dehors de mon champ de vision.

— Qu'est-ce qui t'amène, Ange ? interroge un autre élève. On se demandait si on te reverrait un jour.

— Il paraît que tu as capturé un Maître en Méchanceté ! s'exclame un troisième garçon.

— Eh oui, c'est vrai. Je l'ai livré à mon père, et mon vieux m'a accueilli à bras ouverts. Mais je ne lui ai pas tout donné !

Les trois acolytes d'Ange poussent un seul et même « Oooh ! »

— Qu'est-ce que c'est ?

— Une boule de cristal magique qui peut révéler tout ce qu'on veut. Comment capturer un Maître en Méchanceté, par exemple.

Les garçons ricanent.

— Ouais, ce sorcier ne m'a même pas vu venir. La

boule m'a indiqué comment glisser un somnifère dans son verre puis l'emmener discrètement hors du château. Le conduire jusqu'ici en volant n'a ensuite été qu'un jeu d'enfant.

J'imagine Ange bander ses muscles pour impressionner ses copains. Quel gros nul! Quand je pense que j'ai partagé ma chambre avec un Héros pendant des semaines! Ça me donne envie de vomir.

— La boule de cristal montre vraiment tout ce qu'on veut? relance l'un des garçons.

— Ouais. Comment attaquer un ennemi. Où trouver un trésor. Et même le moyen de vaincre un Super-Héros comme Docteur Bienfait, ajoute Ange.

Grand silence.

— Hum. Je ne sais pas si c'est une bonne idée, hasarde celui qui bâillait un peu plus tôt.

— Quoi? Vous vous êtes dégonflés pendant mon absence, c'est ça? Je croyais qu'on s'était mis d'accord là-dessus. Grâce à cet objet magique, on va enfin pouvoir se débarrasser de nos parents et de leurs règles débiles. Comme ça, on pourra utiliser nos superpouvoirs pour devenir Maîtres du Monde!

Mes alliés approuvent de la tête. Quelle idée géniale! Le séjour d'Ange au Centre de Redressement pour Méchants Récalcitrants lui a profité. Mais je ne peux quand même pas le laisser faire. Si quelqu'un doit devenir Maître du Monde, ce ne peut être qu'un Méchant. Pas un Héros. Et puis, nous aussi nous avons besoin de la boule de cristal : mon père est toujours captif. Soit, Sombrero n'est pas vraiment le père idéal, mais entre lui et Morgane à la tête de l'école, je préfère encore que ce soit lui. Enfin, je crois.

Les paroles d'Ange me tirent de mes pensées.

– Voici mon plan : je commence par m'occuper de mon père. Dès qu'il sera prisonnier, nous annoncerons qu'il a été enlevé par des Méchants. Ensemble, nous appellerons tous les jeunes Héros à se lancer à l'attaque du Centre des Méchants. Une fois qu'ils seront hors d'état de nuire, plus personne ne pourra nous arrêter ! Vous êtes avec moi ?

On entend quelques murmures d'approbation, mais le garçon somnolent n'est toujours pas convaincu.

– Je ne sais pas, Ange. Tu ne trouves pas qu'emprisonner ton père pour régner en Maîtres du Monde ça fait un peu… Méchants ?

– Fais pas le bébé, Aeroboy. C'est pour la grande cause. On aura enfin le droit d'utiliser nos pouvoirs autrement qu'en classe ou pour des tests stupides. Tout ce que tu as à faire, c'est te taire.

– Ouais, ajoute un autre garçon. De toute façon, tu ne nous seras pas très utile, Aero.

– Pourquoi ? J'ai un superpouvoir, comme tout le monde ! proteste-t-il.

Les autres ricanent.

– Léviter à trente centimètres du sol ? Tu parles d'un pouvoir !

– Ah ouais ? Parce que vous y arrivez, vous, peut-être ?

Les autres ne prennent même pas la peine de lui répondre.

– Gigacerveau, toi et Vortex, vous m'aiderez à maîtriser mon père, reprend Ange.

– Comment ? demande l'un d'entre eux (impossible de savoir s'il s'agit de Gigacerveau ou de Vortex).

– Le cristal m'a révélé son talon d'Achille, annonce Ange.

– Quoi ? s'écrie Aeroboy. Mais nous sommes censés ne révéler notre point faible à personne !

– C'est bien pour ça que je l'ai demandé à la boule. Essaie de suivre, un peu !

Apparemment, Ange et sa bande n'ont pas beaucoup d'estime pour le pauvre Aeroboy.

– Alors, Ange, quelle est la faiblesse de ton père ? Le plomb ?

– Les météorites ?

– Non ! Docteur Bienfait ne peut être vaincu que grâce à l'incroyable pouvoir de… Vous avez entendu ?

Ange se tait brusquement. Pourtant, nous n'avons pas fait le moindre bruit. Je l'imagine déjà, fixant la porte des toilettes d'un œil soupçonneux. J'espère que Gigacerveau et Vortex ne comptent pas la vision aux rayons X parmi leurs pouvoirs. Bientôt, j'entends le bruit que je redoutais : Ange ouvre les portes à coups de pied.

Jez enfonce ses petites griffes dans mon épaule. Loup se met à haleter de peur. Ileana me fixe intensément. Nous n'allons pas tarder à nous faire prendre.

Bang ! Ange cogne à nouveau. Une autre. Et encore une autre. Il arrive devant la nôtre. J'aperçois la pointe de ses bottes. Plus qu'une : il a levé un pied pour défoncer la porte. Je me prépare à l'impact, me demandant si nous avons une chance de nous en tirer face à ce groupe de Héros, quand quelqu'un pousse un cri de l'autre côté des toilettes. J'entends Ange s'éloigner en courant.

Je lève la main pour faire signe à mes alliés de ne pas bouger d'un poil. Nous retenons notre souffle pour mieux écouter. Je colle un œil dans l'entrebâillement. Cette fois, je les vois.

– Le Garçon Invisible ! s'exclame Ange. Qu'est-ce que tu as entendu ?

Un gamin maigrichon se recroqueville contre le mur et lâche un cri perçant. Il porte un costume discret, gris et blanc, tout le contraire de celui d'Ange, bleu électrique avec un slip rouge vif. Le petit a l'air jeune, il doit avoir quelques années de moins qu'Ange. Chez nous, ce serait certainement un Filou – je ne sais quel surnom les Héros donnent à leurs débutants.

– R-rien, Ange. Je… euh… dormais, en fait.

– Tu nous espionnais, oui !

– Non ! S-s'il te plaît. Je ne dirai rien à personne.

J'ai comme l'impression qu'Ange est une vraie petite brute, et que ce n'est pas la première fois que le Garçon Invisible se fait malmener par le gang de Bienfait. Même si c'est un Super-Héros, j'ai quand même de la peine pour ce gosse.

– Oh, je ne m'inquiète pas pour ça, dit Ange. Parce que si tu répètes quoi que ce soit, Vortex se fera un plaisir de rayer de la carte la ferme de Maman et Papa dans le Kansas !

– Pitié, ne faites pas de mal à mes parents !

– Alors boucle-la et dégage !

Le Garçon Invisible pousse encore un petit cri avant de disparaître. Les autres se tordent de rire. Une porte s'ouvre, puis se referme. Le silence revenu, nous poussons un soupir de soulagement. Nous attendons quelques secondes pour nous assurer qu'ils sont bien partis, puis nous sortons des toilettes et nous nous étirons.

— Je crois qu'Ange n'est pas dans la bonne école, commente Loup.

— Tu m'étonnes ! acquiesce Jezebel. À côté de lui, on a l'air de... de...

— Héros, complète Ileana.

Je m'insurge :

— Chut ! Ne dites pas des choses pareilles ! N'y pensez même pas ! Nous ne sommes pas des Héros. Nous infiltrons une école de Super-Héros pour libérer un Maître en Méchanceté. On ne peut pas faire pire !

— Ouais, on combat nos ennemis pour sauver le chef de notre école, reformule Ileana.

— Arrête ! Bon, allez ! Il faut les suivre avant de les perdre. Jez, est-ce que tu pourrais filer Ange en volant pour voir ce qu'il mijote ?

Elle fait « oui » de sa petite caboche de chauve-souris. Nous sortons prudemment dans le couloir. Jez s'envole pour rattraper la bande de Bienfait. De nombreuses portes donnent sur ce corridor. À en juger par l'odeur de transpiration et d'eau de Cologne, j'en déduis que nous sommes dans la partie du château réservée aux garçons.

— Qu'est-ce qu'on va faire, Rune ? me demande Ileana. Dans quelques minutes, tout le monde va se réveiller et l'endroit va grouiller de Super-Héros.

Je réfléchis un instant.

— J'ai une idée ! Attendez-moi ici.

Avec précaution, je pousse la porte la plus proche. À l'intérieur de la pièce, j'entends le doux ronflement de Héros qui roupillent. Je me glisse dans l'obscurité, passe sur la pointe des pieds à côté de deux lits superposés et me faufile jusqu'à un placard. Je l'ouvre et prends tout ce qui me tombe sous la main. Puis je rejoins mes alliés. Nous retournons dans les toilettes avec notre butin de vêtements volés.

— Pas question que j'enfile ça ! s'indigne Loup.

— Allez, mon Loup. Il faut rester incognito. Et ça va t'aller comme un gant !

Je lui tends une combinaison complète, composée d'une cape et d'une grande capuche qui cachera ses longues oreilles et son museau. Loup la prend à contrecœur.

— Bon. Laquelle tu veux, Ileana ?

Ce sont des tenues de garçon, mais elles lui iront quand même très bien. Il y en a une bleu et jaune avec des ailes dessinées sur le torse. Une rouge et blanc avec une cape. La dernière est orange avec une ceinture verte. Ileana choisit celle avec les ailes, et moi, celle avec la cape. Je me contemple dans le miroir.

— Quelle humiliation !

Le plastron comporte de faux abdos, et la cape, fluide et colorée, me met profondément mal à l'aise.

J'attache mon masque pour me rendre méconnaissable au cas où on tomberait sur Ange.

— Je te trouve très élégant ! me lance Ileana.

Elle aussi s'est changée. Rien à faire : même dans un affreux costume de Super-Héros, la princesse est canon. Elle attache aussi son masque.

— De quoi j'ai l'air ?

— D'un monstre, comme d'habitude, lâche Jez qui volette dans le couloir.

Celle-ci nous regarde, sceptique. Loup nous rejoint, costumé des pieds à la tête, avec la capuche et tout et tout. Il est obligé de se courber pour dissimuler son museau, mais sa queue dépasse à l'arrière. Lui et le déguisement, ça fait deux ; il doit tenir ça de son père.

— Où est ta cape ?

— Ne m'oblige pas à la porter, Rune. Pitié !

— Fais pas le chiot ! Tu n'as pas le choix. Elle couvrira ta queue. Je ne pense pas qu'il y ait beaucoup de Super-Héros avec ce genre d'appendice.

J'attrape la cape rouge et la lui attache autour du cou.

— Et voilà ! On dirait…

— Le Petit Chaperon rouge ! complète Jez en ricanant.

Loup grogne pendant qu'elle se retransforme en fille.

– Et voilà pour toi, dis-je à Jez en lui tendant le dernier costume.

– Jamais de la vie !

– Allez, tu risques d'en avoir besoin.

– Elle est trop prout-prout-ma-chère pour ça, se moque Ileana.

– C'est pas vrai !

– Oh que si !

– Non ! Donne-moi ça tout de suite, Rune !

Jezebel m'arrache la tenue des mains et va se changer plus loin. Ileana me fait un clin d'œil. Bien joué, princesse !

Quand Jez réapparaît, nous observons avec dégoût nos reflets dans les miroirs. Je rappelle à tout le monde :

– Ce n'est qu'un déguisement !

Nous rouvrons la grille par laquelle nous sommes entrés quelque temps plus tôt et cachons nos vêtements dans un coin des égouts. Une cloche retentit, suivie par le bruit que nous redoutions tant : celui des Super-Héros qui se réveillent.

10

MON SUPERPOUVOIR

Avec prudence, nous faisons nos premiers pas parmi les Héros. Jez s'est retransformée en chauve-souris et se cache sous ma cape. Des Héros sortent de partout, saturant le couloir de couleurs primaires, de masques et de faux muscles – des gens de notre âge ne pourraient jamais avoir une musculature pareille. Mais aucun élève ne semble nous remarquer. Peut-être que nous allons réussir à passer inaperçus, après tout.

– Hé ! Qu'est-ce que vous faites là ?

Derrière nous, un garçon en bas de pyjama et avec une cape bleue nous désigne de sa brosse à dents. Nom d'un troll ! J'hésite entre fuir ou lui jeter un sort, quand il avance droit sur Ileana.

– Cet endroit est réservé aux garçons ! Tu es nouvelle ?

– Euh… oui, bafouille Ileana. Je cherchais la cafétéria, mais j'ai dû me perdre en route.

Le garçon lui décoche son sourire blanc étincelant de Super-Héros et déclare d'une voix de ténor :

— Ne vous en faites pas, belle damoiselle ! Je suis là pour vous sauver !

— Mais je n'ai pas besoin de...

— Vous permettez ?

Le garçon prend Ileana dans ses bras, et, avant que nous ayons eu le temps de réagir, s'envole avec elle, renversant quelques Héros au passage. J'en reste bouche bée.

— Euh... Et maintenant ? chuchote Loup.

— Je ne sais pas trop s'il vaut mieux suivre Ileana ou partir à la recherche de la boule de cristal et de mon père.

— Rune, murmure Jez dans ma cape. Si on ne se dépêche pas de courir après Ange, on risque de perdre la boule.

— Comment tu fais ? demande une voix que j'ai déjà entendue.

C'est Aeroboy. Il porte un costume jaune et violet. Ses pieds ne touchent pas le sol.

— Pardon ?

— Comment tu fais sortir cette petite voix aiguë de ta cape ?

— Je... euh... C'est mon superpouvoir.

— Vraiment ? s'étonne Aeroboy.

— Oui. J'ai le pouvoir de... euh...

— Créer des animaux parlants rien que par la force de son esprit, lance Loup en venant à ma rescousse.

Le Héros nous dévisage, sceptique.

— Je ne te crois pas.

Jezebel sort de dessous ma cape et se pose sur mon épaule.

— Vraiment ? demande-t-elle.

Je vois le moment où les yeux d'Aeroboy vont lui sortir de la tête. Il lévite de quelques mètres en arrière, tombe par terre puis détale en courant.

— Bien joué ! Je croyais vous avoir demandé de rester discrets, dis-je à mes alliés. Bon, allons chercher la boule de cristal.

C'est notre priorité. Ileana est intelligente : elle se débrouillera toute seule. Enfin, j'espère.

À nouveau installée sous ma cape, Jezebel joue la copilote pendant que nous nous frayons un chemin dans un labyrinthe de couloirs, au milieu d'individus volants, hyper-costauds ou supersoniques. Nous croisons même un petit qui crache du feu par les narines.

— Là ! fait Jez. C'est ici qu'Ange est entré tout à l'heure.

Nous ouvrons délicatement la porte que Jez nous indique et pénétrons dans un long corridor. Au bout se trouve une autre porte pourvue d'une plaque. Des voix étouffées nous parviennent. Nous avançons sur la pointe des pieds et des pattes jusqu'à la plaque : « Docteur Bienfait, Directeur ». Je fais signe à Jez et à Loup de rester silencieux, puis je jette un coup d'œil par la serrure.

Les mains devant lui, comme pour parer une attaque, un homme recule, inquiet. Bien qu'il ne porte pas le costume ni le masque qu'il avait sur le parcheminfos, je reconnais Docteur Bienfait. Ils ne sont pas dans mon champ de vision, mais j'identifie aussi Gigacerveau et Vortex à leurs rires.

— Mais pourquoi ? demande le docteur.

— Je ne vais pas te dévoiler tous mes plans, Père, lance Ange Bienfait. Pour qui me prends-tu ? Un Méchant amateur ?

Ses comparses rient de plus belle.

— Mais je suis ton père, Ange ! Est-ce qu'un père enverrait son fils dans une quête impossible ? Est-ce qu'un père bannirait son fils de sa propre école ?

« Bienvenue dans mon univers », me dis-je.

— Tu n'es pas mon père ! crie Ange.

— C'est toi qui m'as demandé de t'envoyer dans cette quête ! Je t'ai expliqué que tu n'étais pas encore prêt. Mais tu as insisté ! proteste le docteur.

Par la serrure, j'aperçois les mains d'Ange. Il ôte le couvercle d'une boîte, d'où sortent en rampant de petites créatures.

— Non ! Non ! hurle Docteur Bienfait.

Il se retrouve acculé dans un coin.

Ange s'approche et tend vers lui ses mains pleines de petites bêtes. Le docteur s'évanouit.

Les garçons éclatent de rire. Ange soulève son père et… avance tout droit vers la porte ! Nom d'un troll ! Je regarde autour de nous. Pas de cachette en vue. Il va falloir atteindre la sortie avant que les trois comparses n'arrivent !

En deux temps trois mouvements, je plonge Jez sous ma cape et pousse Loup le long du corridor. Nous débouchons de justesse dans le couloir principal, quand la porte du bureau de Docteur Bienfait s'ouvre. J'avise une alcôve abritant une armure. Nous filons nous cacher derrière. Gigacerveau, à en juger par la taille impressionnante de sa tête, sort le premier du corridor. Il se tourne à droite, puis à gauche, faisant virevolter son costume, une espèce de blouse de laboratoire. Puis il fait signe aux autres que la voie est libre.

Ange arrive, portant son père inconscient sur l'épaule. Il est suivi par un garçon à la peau mate et aux cheveux coiffés en pointes, vêtu d'une tenue argentée luisante et d'une cape bleue. Ange lui confie son père et un trousseau de clés.

– Emmène-le et enferme-le bien, Vortex !

Le garçon fait naître un mini-cyclone qui soulève Docteur Bienfait.

— Prenez ça aussi, ajoute Ange.

Il donne à Gigacerveau la boîte contenant les mystérieuses bestioles. Je n'ai pas réussi à reconnaître ces créatures, mais je me doute que si elles ont eu raison d'un Super-Héros comme Docteur Bienfait, c'est qu'elles doivent être redoutables. Quand Gigacerveau se retourne, je découvre que ce que j'avais pris pour une tête énorme est en réalité son cerveau à nu, exposé dans une bulle de verre.

— On se retrouve après le petit déjeuner, déclare Ange en leur montrant la boule de cristal de mon père. D'abord, il faut que je mette ça en sécurité.

Les trois comparses se séparent. Ange ne doit pas nous échapper. Nous le filons en nous dissimulant dans les alcôves ou derrière les rideaux jusqu'à l'aile des garçons, dans laquelle il s'engage pour entrer dans l'une des chambres.

— Et maintenant? demande Loup.

— Qu'est-ce qui se passe? Je ne vois rien, moi, là-dessous! râle Jez. Au fait, Rune, tu n'as jamais entendu parler de déodorant?

— Chut!

Je repousse la petite tête de chauve-souris sous ma cape.

— On le suit? s'informe Loup.

Je ne suis pas sûr que se retrouver face à face avec le Super-Héros soit une très bonne idée. D'accord, nous sommes trois contre un. Mais il a des super-pouvoirs. Et nous, qu'est-ce qu'on a ? De la fourrure, des ailes et – d'après Miss Pimbêche – des dessous de bras qui puent. Pas franchement de quoi rivaliser avec un Super-Héros.

Le temps que je tergiverse, Ange ressort de ce qui doit être sa chambre. Nous nous renfonçons dans l'alcôve où nous sommes cachés. Quand le bruit de ses pas s'éloigne, je risque un œil dans le couloir. Ange est presque arrivé au bout. Il ne tarde pas à disparaître.

– Venez !

Jez sort de ma cape et Loup m'emboîte le pas. Nous entrons dans la chambre d'Ange. Elle est d'une propreté effrayante. Le lit simple est fait au carré, l'oreiller parfaitement bombé et centré. Pas une chaussette par terre, ni ballons ni papiers de bonbons. Contre un mur, des paires de bottes sont alignées à la perfection. Nous fouillons la pièce à la recherche de la boule de cristal.

Loup tire les tiroirs de la commode, où les capes d'Ange sont toutes soigneusement pliées. J'ouvre la porte de la penderie et découvre plusieurs exemplaires de son costume de Héros rouge et bleu, repassés et pendus bien comme il faut.

– Ce type me file la chair de poule ! commente Jezebel.

Elle se retransforme en fille et s'agenouille pour regarder sous le lit de Bienfait.

— Il n'y a rien là-dessous. Même pas le moindre grain de poussière !

— Ici non plus, dis-je en jetant tous les costumes par terre pour mieux inspecter le placard. Et toi, Loup ? Tu l'as trouvée ?

Il secoue la tête.

— Vous croyez qu'il l'a gardée sur lui ? demande Jezebel.

Elle a sans doute raison. Tiens ! Il y a comme une lueur rouge qui jaillit entre les lames du parquet. Je me baisse pour m'attaquer au plancher. Je tire, je pousse, jusqu'à ce qu'une planche se soulève avec un petit déclic.

— Oui, tu l'as ! s'exclame Jez quand elle me voit ressortir de la penderie avec la sphère de cristal.

Inquiet, Loup se tourne vers la porte de la chambre.

— On peut filer d'ici, maintenant ?

Nous fonçons dans le couloir... et dans un élève qui passait par là. Nous nous retrouvons pêle-mêle, par terre. Heureusement, je n'ai pas lâché la boule.

— Hé ! fait le Héros en se relevant. Qu'est-ce que vous fabriquez ici ?

Je le reconnais à ses cheveux en pointes et à son costume argent : c'est Vortex ! J'ai l'impression de me changer en bave de limace. De près, je remarque que son costume aussi présente de faux abdos, ainsi qu'un symbole circulaire orné d'un cyclone.

C'est là que Vortex s'aperçoit que je tiens la boule de cristal. Il écarquille les yeux. Jezebel se transforme aussitôt en chauve-souris pour s'abriter sous ma cape. Loup se relève comme il peut. Le Héros, lui, essaie de se dépêtrer de sa propre cape, quand nous entendons des cris à l'autre bout du couloir. Gigacerveau et Ange se ruent droit sur nous!

Autour de nous, un vent invisible commence à tournoyer.

— Sauve qui peut!

J'attrape Loup par le devant de son costume et l'entraîne. Nous dévalons le corridor et tombons dans un nouveau dédale de couloirs.

— Où on va? me demande Loup.

— Un, chercher Ileana. Deux, libérer mon père. Trois, on fiche le camp!

Au bout d'un moment, les cris de Ange et de ses acolytes, qui nous suivaient, se dissipent. Nous avons réussi à les semer! De nouveaux bruits nous parviennent: des voix, des rires et le tintement de couverts sur des plateaux. Nous devons approcher de la cafétéria des Héros.

— Suis-moi, Loup.

Je cours encore quelques mètres et pousse une double porte. Nous entrons dans une pièce étincelante, remplie de Super-Héros en train de papoter et de rigoler pendant leur petit déjeuner. Je sens Loup se raidir à côté de moi. Mais personne ne fait attention à nous. Je glisse la boule de cristal sous ma cape.

— Détends-toi, Loup. Il n'y a aucune raison qu'on nous soupçonne de ne pas être des Super-Héros. Prends un air naturel et cherche Ileana.

Nous n'avons pas de mal à la retrouver. Un groupe de garçons qui semble bien s'amuser est massé autour d'une table. Assise dessus, visiblement tranquille et sûre d'elle, Ileana leur raconte une histoire :

— Et là, il me dit : « Ce n'est pas toi qui me sauves : c'est moi qui te kidnappe » ! Ah, ce que ces Méchants peuvent être ridicules !

Son cercle d'admirateurs s'esclaffe à nouveau. Je cours vers la princesse, prêt à l'attraper et à déguerpir, mais l'un des garçons nous remarque. Je reconnais son costume violet et jaune : Aeroboy.

— Hé ! Le voilà ! dit-il. C'est lui dont je vous ai parlé !

Les Héros se tournent vers moi. Je fais instinctivement un pas en arrière.

– Vas-y, montre à mes amis comment tu peux créer des animaux parlants rien que par la force de ton esprit.

– Euh…

S'ensuit un silence éprouvant. Je sais que Jez ne me sauvera pas la mise ce coup-ci, parce que la cafétéria est inondée de soleil. Mais Loup arrache sa capuche, révélant ses oreilles et son museau poilus.

– Et voilà ! s'écrie-t-il.

Les garçons en ont le souffle coupé. Toute la salle se tait.

– Tu vois, Aquinator ? Je te l'avais bien dit ! T'as perdu ton pari !

Aeroboy tend la main vers un Héros au costume orné d'un dauphin.

Je tire sur la manche de la princesse.

– Ileana ?

– Princesse Sensass, je te prie.

– OK, Princesse Sensass. Il faut qu'on y aille, là. Tout de suite.

Mais à cet instant, la voix que je redoutais résonne dans les haut-parleurs : c'est Ange.

– Appel à tous les Héros ! Notre école a été infiltrée par des Méchants ! Ceci n'est pas un exercice ! Ils sont déguisés et se font passer pour des Héros. Méfiez-vous d'un garçon brun portant une arme rougeoyante.

Je cache la boule de cristal sous ma cape.

– Il est accompagné d'un loup et d'une fille qui peut se changer en chauve-souris.

Jez s'agite sous mon bras et Loup reste pétrifié.

– Il est possible qu'une fille blonde, la princesse Ileana, soit également avec eux.

Aquinator nous regarde d'un sale œil.

– Hé! C'est quoi ton nom, déjà, princesse?

– On fera les présentations plus tard! dis-je en saisissant la main d'Ileana pour l'entraîner vers la sortie la plus proche.

11

CLAIR COMME DU CRISTAL

— Je commençais à me demander si vous alliez venir me chercher ! peste Ileana, alors que nous courons dans le couloir.

— Il fallait qu'on se dépêche de retrouver Ange pour récupérer la boule de cristal. Et, au milieu de tous ces Héros, tu avais plutôt l'air de maîtriser la situation.

— Ça aurait aussi pu mal se passer ! Imaginez qu'ils m'aient emprisonnée, ou même torturée !

— Vous croyez vraiment que c'est le moment de vous disputer ? gronde Loup.

Nous arrivons dans un nouveau couloir, mais celui-ci n'est pas désert. Je fais signe à tout le monde de ralentir et chuchote :

— Soyez naturels.

La plupart des Héros sont encore à la cafétéria, mais certains ont déjà fini leur petit déjeuner et déambulent dans l'école. Nous croisons aussi quelques professeurs. Maintenant que Loup a remis sa capuche et que Jezebel est cachée sous ma cape, j'espère qu'on se fondra une fois de plus dans la masse des Héros, jusqu'à ce qu'on trouve une cachette pour organiser la suite de notre mission. Mais une prof aux pommettes saillantes et au nez pointu anéantit tous mes espoirs.

Elle est toute maigre et arbore sur son costume une abeille coiffée d'une couronne, avec l'inscription : « Reine de la Ruche ». Elle porte aussi un loup rose assorti, glissé sous ses lunettes. Elle dégage quelque chose de parfaitement ridicule, mais je me garde bien de la sous-estimer. Qui sait quel superpouvoir elle nous réserve...

— Vous avez entendu l'alerte ?

— Oui, m'dame, répond Ileana.

— Bien. Nous contrôlons l'identité de tout le monde : nom et superpouvoir, s'il vous plaît.

— Euh... dis-je.

— Princesse Sensass, coupe Ileana. Je sais communiquer avec les créatures volantes.

Le sac d'os rose regarde Ileana d'un œil méfiant.

— Tiens donc. Je ne me rappelle pas vous avoir vue en cours.

— Je suis nouvelle.

— Et vous prétendez parler aux bêtes ailées ? Je serais curieuse de voir ça !

Un drôle de bourdonnement s'élève progressivement. La prof ferme la main. Quand elle la rouvre, un essaim de bourdons apparaît. Au fur et à mesure qu'il grossit, Loup et moi reculons.

— Ils n'obéissent qu'à moi, se vante la reine rose, avec un petit air Méchant qui me fait tout de suite penser à nos professeurs du Centre.

Pourvu qu'elle soit aussi prétentieuse que la plupart des Héros et qu'elle ait tort, parce que je me fais du souci pour Ileana. Est-ce qu'elle sera capable de faire ses preuves avec ces insectes ? Je sais qu'elle communique avec les oiseaux, les dragons et même les chapistrelles… mais les bourdons ?

Ileana ferme les yeux et se met à fredonner. On dirait une sorte de vrombissement. Les insectes continuent à tourbillonner. Ils n'ont pas du tout l'air de la comprendre.

— Alors, princesse ? se moque la reine rose. Tu n'arrives pas à contrôler mes sujets ?

Ileana poursuit son drôle de chantonnement.

— Tu sais ce que je pense, continue l'autre. Je crois que tu fais partie de ces Méchants que tout le monde recherche. Préparez-vous à subir la piqûre de la reine !

C'est pas vrai ! Mais pourquoi les Héros ne peuvent-ils pas s'empêcher de sortir des répliques aussi nulles ? Je préfère encore me faire piquer mille fois par des bourdons plutôt que d'avoir à supporter une seule de ces formules ringardes de Super-Héros.

Tiens ! Les insectes ne font plus le même bruit... La Reine de la Ruche semble déconcertée. Ileana ouvre les yeux avec un grand sourire.

– Et vous savez ce que je pense, moi, Reine des Cruches ? Je crois que vous devriez apprendre le respect de la vraie royauté.

La princesse lève les mains, et, tel un immense panache de fumée, les bourdons se mettent en formation, prêts à lui obéir. Soudain, ils se retournent contre leur « reine ». Elle recule en se protégeant comme elle peut avec ses mains.

– Non ! Je suis allergique aux piqûres d'abeille !

– Quelle ironie du sort ! commente Loup.

– Dans ce cas, il faudrait peut-être songer à filer, lui conseille Ileana. Je vous laisse cinq secondes d'avance.

La reine la foudroie du regard.

– On ne s'en prend pas impunément à un professeur, jeune fille !

Ileana sourit de plus belle.

– Un... Deux...

L'autre s'enfuit sans demander son reste.

– Cinq ! finit Ileana.

L'essaim de bourdons se lance aux trousses de la

pseudo-reine. Quelques Héros ont assisté au spectacle. Il est temps de déguerpir.

— Bien joué, Ileana ! Maintenant, il faut vite se trouver une cachette !

Nous courons à nouveau dans les couloirs. De plus en plus d'élèves nous regardent en chuchotant. Certains nous montrent même du doigt. Démasqués, nous risquons d'être arrêtés d'une seconde à l'autre. Quand nous arrivons dans l'aile des garçons, je reconnais les toilettes par lesquelles nous nous sommes introduits dans le château.

— Venez !

J'ouvre la porte. Ileana et Loup s'engouffrent après moi dans les sanitaires.

— Hé ! s'écrie un gamin en voyant la princesse. Tu n'as pas le droit d'entrer ici : ce sont les toilettes des garçons !

Je le reconnais, c'est le Garçon Invisible, le jeune Héros qu'Ange a agressé tout à l'heure. Je l'envoie balader :

— La ferme, le mioche !

— M-mais vous êtes les Méchants que tout le monde recherche !

Le petit et son costume gris et blanc de Super-Héros commencent à devenir légèrement troubles et translucides. Si le Héros disparaît pour de bon, bonjour les ennuis ! Il n'aura aucun mal à se sauver et à donner l'alerte. Il faut à tout prix l'en empêcher. Je lance :

– Hé ! C'est le Garçon Invisible !

Surpris, il écarquille les yeux. Il ne doit pas avoir l'habitude qu'on le reconnaisse. Je tente une tactique :

– Reculez tous ! Il s'agit d'un Super-Héros très puissant !

Ileana se prend tout de suite au jeu ; Loup, lui, n'a pas compris.

– Quoi ?

Je lui envoie un bon coup de coude.

– Eh !... Ah ! OK ! Au secours ! gémit Loup en faisant semblant d'avoir peur.

– Aie pitié de nous ! supplie Ileana.

– V-vous avez entendu parler de moi ? demande le gamin en se redressant.

Il reprend un peu de consistance.

– Euh... oui. Tous les Méchants savent qu'il faut se méfier de toi, dis-je.

– C'est vrai, renchérit Ileana. Il paraît que tu es fort et courageux et... euh... Gentil. D'ailleurs, peut-être que tu pourrais nous aider.

– Pourquoi je viendrais en aide à des Méchants ?

– Nous ne sommes pas les Méchants, dans cette histoire, dis-je. Enfin, si, mais non. Nous...

– C'est Ange Bienfait le véritable Méchant ! me coupe Ileana.

— Ange ? murmure le Garçon Invisible en regardant autour de lui, comme si son persécuteur allait surgir d'un instant à l'autre.

— Il a enlevé mon père. Nous sommes venus sauver celui-ci. Nous ne voulons pas de mal à qui que ce soit. Du moins, pas aujourd'hui.

— C'est pour ça que vous êtes là ? demande le timide Super-Héros.

— Nous détestons cette grosse brute d'Ange, ajoute Loup. Quel crétin, celui-là !

— Oui, c'est un vrai bourreau ! Il passe son temps à m'embêter ! Attendez, comment je peux être sûr que vous ne me tendez pas un piège ?

Ce garçon est peut-être moins bête qu'il n'en a l'air. Ileana ôte son loup et lui fait des yeux de biche.

— Parce que je te révèle… euh… ma véritable identité. Je suis la princesse Ileana Alexandra Veldina Nicolescu, et j'ai besoin de ton aide.

De sa petite voix de chauve-souris, Jez commente tout bas :

— Quel cinéma elle nous fait, celle-là !

— Oh ! On est censés donner notre vrai nom à personne ! s'exclame le Garçon Invisible.

— Je sens que je peux avoir confiance en toi, explique Ileana.

Jez rit sous ma cape. Je lui colle discrètement un

coup de poing. Elle lâche un petit cri et arrête ses moqueries.

— Wouah! Personne ne m'avait encore confié un secret pareil!

Le Garçon Invisible se grandit au maximum et gonfle la poitrine.

— Comment puis-je vous venir en aide, gente damoiselle?

Je retiens un sourire. Ileana est méchamment douée!

— Hum, est-ce que tu pourrais t'assurer que personne n'entre dans les toilettes pendant un moment? demande la princesse. Et si tu vois Ange arriver, viens tout de suite nous prévenir.

— À votre service, Altesse! répond-il.

Il lui fait un baisemain, puis va se poster dans le couloir, devant la porte des toilettes. Une fois qu'il est parti, Jez sort de ma cape en toussant et en crachotant. Elle se retransforme en fille. Je proteste :

— Je ne sens pas si mauvais que ça, sous les bras!

— Non, cette fois, c'est Ileana qui me donne envie de vomir! « Je te révèle ma véritable identité. Je suis la princesse Ileaniaise Cretina Nunuchescu, et j'ai besoin de toiii! » raille Jez.

— Ricane toujours! Au moins, ça a marché! Mais il faut que je me lave la main!

Ileana court aux lavabos en tenant devant elle la

main que le Garçon Invisible a embrassée, comme si elle était infectée.

— Tu peux toujours frotter : la laideur ne part pas au lavage, lance Jezebel.

— Tu as déjà goûté au savon ? demande la princesse en levant son poing plein de mousse. Parce que je peux te laver la bouche pour t'apprendre à être polie !

— Ça suffit, les filles ! C'est vraiment pas le moment, dis-je en montrant la boule de cristal. Il faut retrouver mon père et filer d'ici.

Tout le monde s'installe autour de la sphère. Sa lueur rouge éclaire nos visages.

— Montre-moi où est mon père !

La boule brille plus fort. Une image se forme : l'école de Super-Héros, d'un blanc étincelant dans la lumière du matin.

— Merci, on est au courant ! s'impatiente Loup.

— Indique-moi comment retrouver mon père.

Plus rien. La boule de cristal n'est pas toujours fiable et aime choisir les pires moments pour se montrer têtue. Mon père a dû lui insuffler un peu de son caractère.

— Super ! ironise Jezebel. Et maintenant ?

— Peut-être que tu ne lui as pas posé les bonnes questions, Rune, suggère Ileana. Je peux essayer ?

Elle me prend la boule.

– Fais apparaître la prison d'Obscuro.

La sphère reste noire.

– Tu l'as cassée, accuse Jezebel.

– Ce n'est pas vrai ! s'énerve Ileana.

– Si.

– Non !

– Stop ! Ça ne sert à rien, les filles !

– Désolée, s'excuse Ileana. Eh ! Et si on en profitait pour essayer de savoir qui est ta mère, Rune ?

– Quoi ? Non !

– Pourquoi ? s'étonne Loup. Tu ne veux pas le découvrir ?

– Je… je n'en sais rien.

– Eh bien moi, ça m'intéresse, déclare Jezebel.

Elle saisit la boule sans me laisser le temps de réagir et ordonne :

– Montre-nous la mère de Rune.

Je retiens mon souffle. Je n'avais pas réalisé jusqu'à cet instant à quel point je désirais connaître son identité. Pendant quelques secondes, la boule demeure éteinte, et je me dis que ça ne marchera pas. Puis elle s'emplit d'une fumée rouge vif. Celle-ci se dissipe pour dévoiler le visage d'une femme. Celui de…

– La reine Catalina ! s'écrie Loup.

– Non, espèce d'accessoire de pacotille ! s'emporte Jezebel en secouant la boule comme une folle.

Je t'ai demandé la mère de Rune ! Pas celle d'Ileana. Ce truc est bon pour la poubelle !

— Si tu continues à l'agiter comme ça, c'est sûr !

Je la lui reprends pour essayer à mon tour.

— Qui est ma mère ?

Le visage de la reine apparaît à nouveau. Je soupire. Ce machin doit vraiment être cassé. La princesse attrape alors la sphère.

— Qui est ma mère ?

L'image de la reine ne bouge pas.

— Bien. Et qui est mon père ?

Je m'attends à voir le père d'Ileana. Je n'ai rencontré le roi Vasile Nicolescu qu'une fois, le semestre dernier, lors de mon complot ; je ne suis pas trop sûr de me souvenir de sa tête. Mais quand un nouveau visage se dessine au centre de la sphère, je le reconnais très bien. Sauf que ce n'est pas celui du roi. C'est...

— Sombrero ! s'exclame Loup.

— Tu pourrais arrêter de beugler des évidences ? s'énerve Ileana.

Loup est tout piteux.

— On a dû l'embrouiller, explique la princesse.

Je recommence.

— Fais apparaître mon père.

L'image de mon père ne quitte pas la sphère. Il est menotté dans une cellule, mais impossible de deviner où elle se trouve. À côté de moi, Ileana marmonne dans sa barbe.

— Pas de doute, ce machin est hors service, décrète Jezebel.

— Ça marche une fois sur deux, relativise Loup.

— Ce serait complètement fou… Mais attendez ! s'écrie Ileana.

Elle tend les mains pour s'emparer de la boule. Elle tremble. Je lui demande ce qui ne va pas. La princesse me fixe un instant, comme elle ne m'a encore jamais regardé. Puis, tenant délicatement la boule entres ses mains, elle déclare :

— Je veux voir mon frère.

— Je croyais que tu étais fille unique, s'étonne Jezebel.

— Moi aussi, répond Ileana.

La princesse lève la boule. Nous avons le souffle coupé en découvrant qui se trouve à l'intérieur.

Moi.

12

UNE MÉCHANTE HISTOIRE D'AMOUR

Nous restons muets pendant ce qui semble être une éternité. Je suis le premier à sortir de cette stupeur.

— Ce n'est pas possible…

— Si le cristal a raison, vous êtes frère et sœur, s'émerveille Jezebel.

— Jumeaux, ajoute Ileana.

— Tu es sûre ? demande Loup.

Inquiet, il se tourne vers Jez. Nous redoutons tous la même chose : la prophétie.

— Vous êtes nés quel jour ? s'informe Jezebel.

— Le 13 octobre, répondons-nous en chœur.

Je secoue la tête.

— Ce n'est qu'une coïncidence. Ton père est bien le roi, n'est-ce pas ?

Ileana me rend la boule de cristal. Elle est au bord des larmes. J'espère qu'elle va se retenir : ce genre d'effusion met les Méchants très mal à l'aise. Mon image s'estompe dans le cristal rougeoyant. Je n'arrive toujours pas à y croire.

— Non, c'est impossible. Comment est-ce que tout ça serait arrivé ? Pourquoi est-ce que j'aurais grandi au Centre pour Méchants, alors qu'Ileana vit avec la reine Catalina ?

À mon grand étonnement, la sphère de cristal se ravive pour nous présenter de nouvelles images. Tout le monde se penche pour regarder. Et là, il se passe un truc très bizarre : on a l'impression de se retrouver projetés à l'intérieur de la boule, comme si on faisait partie du spectacle.

*

— Veldin ! Félicitations !

Une superbe jeune fille aux cheveux couleur de miel se jette au cou d'un jeune sorcier qui me ressemble un peu. C'est mon père.

Je m'attends à ce qu'il se raidisse ou la repousse, mais, à ma grande surprise, il la prend dans ses bras et la fait tournoyer en souriant.

Oui, vous avez bien lu : il sourit ! Comme s'il était heureux, ou quelque chose dans ce genre. La jolie fille qu'il serre contre lui ne peut être que la reine Catalina.

Derrière lui se tient une autre Méchante, une brune aux yeux vert vif et aux lèvres écarlates. Il me faut du temps pour reconnaître Morgane, aujourd'hui blonde. Elle lève les yeux au ciel et se remet du rouge à lèvres.

Près de Morgane, une fille mignonne, aux cheveux bouclés coupés courts et au visage parsemé de taches de rousseur, regarde mon père et Catalina d'un mauvais œil. Sa tête m'est familière, mais je ne saurais dire pourquoi. Quand Catalina remarque sa présence, elle lâche mon père en rougissant.

– Oh, salut Morg! Salut Muma!

Ça y est! Je sais à qui la jeune fille me fait penser: à Désiré, mon demi-frère. C'est sa mère, Muma Padurii, la vieille sorcière de pain d'épices, version ado!

– Pourquoi tu félicites Veldin, Cat? demande Muma.

Elle transpire la jalousie, mais Catalina et mon père n'ont pas l'air de s'en apercevoir.

– Eh bien, la remise des diplômes approche, et Veldin est bien parti pour être désigné Méga-Méchant de sa promotion! C'est le Méchant le plus intelligent de l'école du professeur Grigri! lance Catalina, débordante de fierté.

– Tu es sûre? demande Morgane sans quitter son miroir des yeux.

– Oui. Et tu es juste derrière lui, Morg ! ajoute Catalina. Félicitations à toi aussi !

– Ce n'est pas encore fait, dit Morgane. Nous avons encore nos projets de fin d'année à rendre.

– Exact. Eh bien, bonne chance à tous les deux !

Catalina embrasse mon père sur la joue et s'éloigne en sautillant.

– Comment tu peux la supporter, Veldin ? fulmine Muma. Elle est si… si… Gentille !

La scène devient floue. Un brouillard rouge nous enveloppe. Quand il se dissipe, nous ne sommes plus dans un couloir mais dans la Caverne de la Prophétie.

– En quoi ça va m'aider, Morgane ? demande Muma.

Elle fait les cent pas devant la porte où est gravée la prophétie. Morgane, elle, est appuyée contre un mur et se lime les ongles, toujours aussi rouges.

– Fais-moi confiance, Muma. Dès que Cat verra que Veldin n'est pas le meilleur Méchant du Centre, elle le larguera. Et tu n'auras plus qu'à le consoler.

– Eh bien…

– Tout ce que tu as à faire, c'est saboter son projet de fin d'année. Je serai nommée Méga-Méchante à sa place, et Cat ne pourra plus le voir en peinture.

— D'accord. Je m'en charge, accepte Muma.

La brume nous recouvre à nouveau. Quand elle se lève, une cave de classe apparaît. Le professeur Grigri fait cours. Sa barbe n'est pas encore grise : il lui reste quelques touffes marron. Mais il a déjà l'air vieux et voûté, et arbore le même sourire édenté.

Il félicite Morgane, pendant qu'elle retourne s'asseoir.

— Magnifique ! Te voilà à égalité avec Veldin pour le titre de Méga-Méchant ! Veldin ? À toi de jouer.

Mon père vient se placer devant la classe. Il tient un objet caché sous un bout de tissu. Il le dépose sur le bureau de Grigri et retire le tissu d'un geste ample, comme un prestidigitateur. J'aperçois un étrange méli-mélo de tubes en métal et de câbles.

— Préparez-vous à être ébahis ! annonce mon père.

Il ménage une pause théâtrale. Puis il actionne un petit interrupteur rouge sur le côté de son appareil. Il ne se passe rien.

— Quoi ?!

Il appuie à nouveau sur l'interrupteur. Et encore. Toujours rien.

— Je... Je ne comprends pas. Ça marchait, hier !

Le professeur Grigri fronce les sourcils. Dans la

salle, tous les Méchants chuchotent ou paraissent perplexes. Tous, sauf une : Morgane semble ravie.

– Je suis désolé, dit gentiment Grigri. Mais j'ai peur de ne pas pouvoir t'accorder de bonne note pour ta réalisation.

Nouvelle brume rouge. Cette fois, mon père et Catalina se trouvent dans la Caverne de la Prophétie.

– Ne sois pas ridicule, Veldin ! dit-elle. Je me fiche que tu sois Méga-Méchant ou non. Tu es le génie du Mal dont j'ai toujours rêvé !

Mon père sourit et la serre dans ses bras. Puis il met un genou à terre et tire une rose noire de sous sa cape.

– Princesse Catalina Alexandra Rune Dragos, veux-tu m'épouser ?

Elle prend la rose et laisse délicatement courir ses doigts le long des épines.

– Oui !

S'ensuit un long baiser.

– Ah ! J'ai une surprise pour toi, annonce mon père.

Cette fois, il sort de sous sa cape un minuscule chaton endormi.

– Oh !

Catalina accueille le petit chat noir dans sa main. Il bâille et s'étire, faisant apparaître des petites ailes de chauve-souris.

— Elle s'appelle Semel, annonce mon père.

— Elle est adorable !

Catalina frotte tendrement sa joue contre la boule de poils toute douce.

— Je n'arrive pas à croire que je serai bientôt madame Veldin Drexler ! Attends, peut-être pas. Tu as déjà choisi ton nom de Méchant ?

— Pas encore.

Catalina fait tourner la rose noire entre ses doigts.

— Hmm… Tu as l'art de tout changer en noir. Que penses-tu d'Obscuro ? Je trouve que ça sonne bien.

C'est là que je remarque une silhouette tapie dans l'ombre derrière eux. C'est Muma Padurii. De ses yeux bleus jaillissent des larmes de colère. Elle remonte l'escalier en courant et disparaît.

La scène change encore. Catalina est assise sur une chaise, Semel blottie sur ses genoux. La jeune femme se tient le visage entre les mains : on devine qu'elle pleure. Tiens ! Elle porte une bague à l'annulaire.

Furieux, mon père fait les cent pas.

— Il n'a pas le droit ! s'exclame-t-il. Comment est-ce qu'il l'a appris ?

— Je ne sais pas, Veldin. Et ça n'a pas d'importance. C'est mon père et c'est le roi. Il dit que, sans sa bénédiction, notre mariage ne vaut rien. Nous ne pouvons pas rester ensemble. Je dois rentrer chez moi dans quelques heures.

— Je ne te laisserai pas partir ! Jamais de la vie !

Mon père traverse la pièce et se plante devant elle.

— C'est fini, Veldin…

Il lui saisit les mains. Il a dans les yeux comme un éclair de folie. Je ne l'ai jamais vu aussi ému.

— Nous pouvons fuir ensemble !

— Non. Tu ne comprends donc pas ? Mon père est prêt à te tuer pour me protéger ! J'ai déjà accepté d'épouser quelqu'un d'autre.

— Tu ne peux pas prendre d'autre époux : tu es ma femme ! s'exclame mon père.

Catalina s'essuie les yeux d'un revers de manche et relève la tête. Elle enlace mon père. Semel va se percher sur son épaule. Catalina ôte son alliance et la tend à mon père.

— Plus maintenant.

Changement de décor. Muma Padurii est à côté de mon père qui regarde s'éloigner un carrosse. Dans ses bras, mon père tient la petite chapistrelle.

— Tu n'as pas besoin d'elle, Veldin. Il y a plein d'autres Méchantes prêtes à dominer le monde avec toi !

— Non ! Elle est la seule que j'aime ! crie mon père. Personne ne la remplacera. Tu as compris, Padurii ? Personne !

Puis il se retourne en faisant claquer sa cape et rentre au Centre, plantant là Muma Padurii. Une fois qu'il a disparu, elle lâche à voix haute :

— Eh bien, s'il n'y a qu'elle qui t'intéresse, qu'il en soit ainsi !

Je l'entends ensuite marmonner une formule. Une lumière éclatante m'éblouit. Quand elle se dissipe, Muma est toujours là, dans les mêmes vêtements. Mais ses traits ont changé. Ce n'est plus la jeune fille aux cheveux bouclés et aux taches de rousseur. On dirait Catalina !

De retour au Centre, elle descend chez les garçons. Elle frappe à une porte. Mon père lui ouvre. Il se précipite pour prendre Padurii dans ses bras.

— Cat ! Mais comment est-ce que…

— J'ai décidé de rester ! annonce-t-elle. Je veux comploter avec toi jusqu'à la fin des temps !

Une nouvelle brume rouge vient masquer ce tableau. Quand elle s'estompe, je comprends tout de suite que du temps a passé, quelques semaines, peut-être. Semel volette autour de mon père. Elle a un peu grandi mais a toujours l'air d'un chaton. À la lueur des torches, mon père marche dans un couloir. Il tient Catalina par la main. Je sais que ce n'est pas elle mais Padurii, déguisée.

— Cat, tu parais si… différente ces derniers temps, dit mon père.

– Ah ? Eh bien... je... euh... me fais du souci. À cause de mon père.

– Ne t'inquiète pas. Si quelqu'un vient te chercher, je saurai le recevoir, déclare mon père, menaçant.

Une petite voix sort alors des haut-parleurs :
– Veldin Drexler est appelé au secrétariat.

Je reconnais la voix de Miss Salem, déjà secrétaire à l'époque. Eh ben, ça ne la rajeunit pas !

– Je t'accompagne, propose Padurii.

Quand ils arrivent, Miss Salem tend à mon père un pli cacheté de cire. Il brise le sceau et sort lire la lettre dans le couloir. Il ne le fait pas à voix haute, mais je vois ce qui est écrit et découvre le message en même temps que lui.

Mon très cher Veldin,

Tu m'as tellement manqué, ces dernières semaines. Tu ne peux pas savoir comme j'ai souffert de t'avoir quitté, mais je n'avais pas le choix. Si je m'étais enfuie avec toi, mon père t'aurait pourchassé sans relâche.

Je me suis résignée à endosser mon rôle de future reine. L'homme que mon père veut que j'épouse ne saura jamais te remplacer. Il est bon, gentil et respectable... mais j'essaie de l'aimer quand même.

Si je t'écris aujourd'hui, c'est pour te confier deux nouvelles importantes. D'abord, le médecin royal a découvert que je suis enceinte. Et bien que tu ne sois plus mon mari, je tenais à t'assurer que notre bébé portera ton nom. Mais je suis désolée qu'il (ou elle) ne connaisse jamais son père.

Je voulais aussi te prévenir : j'ai appris comment mon père a su que j'étais dans une école pour Méchants et que nous nous étions mariés en secret. Padurii lui a écrit pour nous dénoncer. Je te confie cela parce que j'ai peur qu'elle essaie de te manipuler, maintenant que je ne suis plus là.

Prends soin de toi, mon chéri, et sache que je t'aimerai à tout jamais.

Ta Catalina

J'observe le visage de mon père au fur et à mesure qu'il lit la lettre. D'abord, il reste perplexe. Ensuite, ses yeux s'agrandissent. Enfin, la petite veine de sa tempe gauche gonfle dangereusement.

– Qu'y a-t-il, mon amour ? demande Padurii.

Mon père se tourne lentement vers elle, terrifiant. Voilà l'Obscuro que je connais. Plus la moindre trace d'amourette dégoulinant d'eau de rose.

– Toi ! crie-t-il.

– Veldin, qu'est-ce qui ne va pas ?

Elle veut lui poser la main sur l'épaule, mais il la repousse.

– Traîtresse !

Il lance un sort dont je n'ai jamais entendu parler. Padurii est aussitôt démasquée. Perdue, inquiète, elle lève les mains pour se toucher les cheveux, le visage. Puis elle comprend que son propre sortilège est rompu. Hérissée sur l'épaule de mon père, Semel crache sur la sorcière.

– Veldin ! Je peux tout t'expliquer !

– Va-t'en ! Je ne veux plus jamais te revoir ! hurle-t-il, hors de lui.

Il lui tourne le dos et commence à s'éloigner. Prise de fureur, Padurii ravale ses larmes. Elle marmonne une formule. J'ai envie de crier à mon père de faire attention, mais je ne peux qu'assister, impuissant, à ce qui va se passer.

Mais Obscuro a dû sentir qu'il se tramait quelque chose. Il se retourne, prêt à se défendre. Il achève son incantation au moment où Padurii lance son sortilège. La collision des deux forces provoque une explosion d'énergie. Le sort de mon père est plus puissant ; celui de Padurii lui éclate à la figure. Elle lève les bras pour se protéger, en vain. Quand elle ôte les mains de son visage, mon père retient un cri d'effroi.

La jolie fille aux cheveux bouclés et aux taches de rousseur a laissé place à une vieille femme laide et voûtée. Padurii porte les mains à sa peau désormais parcheminée, puis les regarde. Elles sont noueuses et parcourues de veines qui ressortent comme de gros vers.

— Qu'est-ce que tu m'as fait ?

Sa voix aussi a changé ; elle est devenue rauque et chevrotante.

— Tu te l'es infligé à toi-même, répond mon père.

— Je ne te le pardonnerai jamais, Veldin Drexler ! Je te haïrai jusqu'à la fin des temps ! vocifère-t-elle avant de s'enfuir.

Je pense que la boule de cristal va s'obscurcir, mais non. Il reste un dernier acte. Cette fois, la fumée s'évanouit et laisse apparaître une femme dans une chambre à coucher royale. Elle tient au creux de ses bras deux bébés emmitouflés, l'un dans une couverture rose, l'autre dans une bleue.

Seule, assise sur son lit, elle berce ses enfants. Soudain, elle lève la tête. Une silhouette drapée d'une cape l'observe de son balcon.

— Tu es venu, dit-elle en souriant.

Mais c'est un sourire triste.

Le mystérieux personnage entre dans la pièce et se poste à côté d'elle. Il ôte sa capuche ; c'est mon père. Il paraît vieilli. Je devine qu'il ne sera plus jamais le jeune Méchant heureux que j'ai découvert dans les premières scènes.

Il s'assoit à côté de Catalina. Elle lui confie les deux bébés.

— Comment s'appellent-ils ?

— Je te présente la princesse Ileana Alexandra Veldina Nicolescu.

— Nicolescu ? C'est le nom de ton… de ton mari ?

Elle acquiesce.

— Et Veldina, celui de son père. Comme je te l'avais promis.

— Et le garçon ?

— J'ai pensé qu'il serait mieux que tu choisisses.

Obscuro a l'air surpris.

— C'est pour ça que je t'ai demandé de venir, reprend la reine. Mon père ne voudra jamais que je garde notre garçon. Tu dois l'emmener avec toi, Veldin.

Une larme coule sur la joue de Catalina. Obscuro l'essuie et fait oui de la tête.

— Je vais l'appeler Rune, dit-il. Rune Toma Emilian Drexler.

Puis il regarde une dernière fois sa fille avant de la rendre à sa mère. La reine dépose un ultime baiser sur la joue de son fils – ma joue –, et mon père m'emmène dans la nuit pour faire de moi un Méchant.

13
DES JUMEAUX RÉCALCITRANTS

Finalement, la boule de cristal s'éteint. Mes alliés et moi clignons des yeux, comme si nous sortions d'un rêve. Je ne sais pas du tout combien de temps s'est écoulé. J'ai l'étrange impression d'être parti plusieurs jours, mais, dans le couloir, j'entends des Super-Héros se préparer pour leur journée de cours.

Loup nous dévisage, Ileana et moi.

– Ouah !

– Vous êtes bien frère et sœur ! conclut Jezebel avec un grand sourire. C'est génial ! Des jumeaux !

Je la trouve un peu trop enthousiaste. Ça peut se comprendre, en même temps : Ileana ne fait désormais plus partie de la liste de mes petites amies potentielles.

– Malheureusement, rappelle Loup, vous êtes aussi des jumeaux Cent pour Cent Méchants...

S'ensuit un silence gêné. Chacun songe à la

prophétie. Loup doit se sentir coupable : il essaie de nous changer les idées.

– Hé ! Puisque vous êtes de la même famille, Fabien, euh… Ange, je veux dire, n'aurait même pas eu besoin de te donner cette fiole de sang de la princesse pour tromper les gardiens de pierre, la fois où on est allés dans le couloir des filles.

– De mon sang ? demande la princesse.

Je revois alors le drôle de regard qu'Ange m'a lancé, à ce moment-là, devant la chambre d'Ileana.

– Ce n'était pas celui d'Ileana. Ange est forcément au courant. Morgane a dû tout lui raconter.

– Vous êtes entrés dans le couloir des filles ? réagit Jez, un peu en retard.

– On reste concentrés, s'il vous plaît.

– OK. Donc vous êtes jumeaux Cent pour Cent Méchants, reprend Jez.

– Comme dans la prophétie, reconnais-je à contrecœur.

Ileana récite :

– « Dans les entrailles de ce château
Se trame un terrible complot.
Des deux jumeaux Cent pour Cent Méchants
L'un trahira l'autre bassement.
L'un prendra le pouvoir de l'autre
Et devant l'un se pliera l'autre.
Un vieux secret va reparaître

Et trahi se verra le traître.
Pour couronner la trahison
De Méchants Héros deviendront. »

Ça ne m'étonne pas qu'elle s'en souvienne parfaitement : elle est très intelligente. Elle doit tenir ça de sa... euh... de notre mère.

— Bon, mais qu'est-ce que ça veut dire, au juste ? demande Loup.

— Que l'un des deux va trahir l'autre, répond Jezebel en accusant Ileana du regard.

— Pas du tout ! s'indigne Ileana. Cette prophétie peut évoquer n'importe quels jumeaux Cent pour Cent Méchants. Si ça se trouve, ça fait des siècles qu'elle s'est accomplie ! Et puis, ce n'est peut-être qu'un vieux graffiti sans importance.

— Oui. Ou bien tu vas essayer de trahir Rune, insiste Jezebel.

— Ah oui ? Et si c'était Rune, le traître ?

Je me lève d'un bond.

— Quoi ? J'ai reçu une éducation de Méchant, moi, Madame ! Et les Méchants se serrent les coudes, euh... tant que ça leur profite, en tout cas. Si quelqu'un doit nous livrer aux Héros, ce sera toi, Princesse Sensass !

Ileana bondit à son tour.

— Ah, sympa ! On vient de découvrir que nos

parents nous ont caché la vérité, et la première chose que tu fais, c'est te retourner contre moi !

— Ben, selon la prophétie, c'est obligé, commente Loup.

Ileana et moi crions en même temps :

— La ferme, Loup !

— Tout ça ne nous avance à rien. Nous devons encore retrouver mon père.

— Notre père, corrige Ileana en me fixant droit dans les yeux.

Je détourne le regard.

— Exact.

— Rune, tu ne veux pas qu'on parle de… commence Ileana.

Encore chamboulé par tout ce que j'ai vu dans la boule de cristal, je ne suis pas trop d'humeur à en discuter. Je fais exprès de changer de sujet.

— La priorité, c'est de localiser le Maître de l'Épouvante et de le libérer. La question est de savoir où nos ennemis le retiennent prisonnier.

Cette fois, la boule de cristal veut bien nous aider : elle s'illumine entre mes mains. La princesse et moi nous nous rassoyons avec les autres. Un éclair de lumière rouge nous révèle une nouvelle image : une tapisserie montrant un chevalier sur son destrier combattant un dragon tricéphale.

— Trois têtes ? C'est tout ? lâche Jezebel, qui doit

repenser aux dragons que nous avions croisés dans la Forêt Oubliée[1].

– Chut !

La tenture semble se détacher du mur, comme soulevée par un puissant courant d'air. Derrière, j'aperçois une porte cachée et, au-delà, le bas d'un escalier en colimaçon. La boule nous montre ensuite le chemin jusqu'en haut des marches. Une fenêtre donne sur un paysage de collines, de forêts, de ruisseaux et de montagnes : nous comprenons que l'escalier se trouve dans l'une des tourelles d'un château. Cet escalier conduit à un palier doté d'une épaisse porte en bois que nous traversons, comme des fantômes, pour arriver dans une petite pièce circulaire garnie de quelques meubles dépareillés – des chaises et un vieux bureau. Au fond, mon père est enfermé dans une cellule. Il est inconscient. Ses menottes brillent d'une lueur magique : elles doivent l'empêcher d'utiliser un sortilège pour s'échapper.

L'image se trouble, et la boule s'éteint.

– OK, je sais comment on va faire, annonce Ileana. Moi, je vais chercher les dragons et je vous récupère à la fenêtre que la boule vient de nous indiquer. Et vous, vous vous occupez du Maître de l'Épouvante.

---

1. Cf. *L'École des Mauvais Méchants*, Complot 1.

– Qu'est-ce qui nous dit que tu ne vas pas nous dénoncer aux Héros ? demande Jezebel.

– Pourquoi est-ce que je ferais une chose pareille ?

– Oh, je ne sais pas... Peut-être parce que c'est ton destin ! Et que tu veux t'emparer du pouvoir de Rune !

– Mais il n'a aucun pouvoir !

Je proteste :

– Ça va, oh !

– On perd du temps, là ! s'énerve Ileana. J'y vais !

La princesse se lève et me tend la main. Je la saisis pour m'aider à me relever. Elle fronce les sourcils. Apparemment, ce n'est pas ce qu'elle attendait.

– Rune, donne-moi la boule de cristal.

J'ai peur de ne plus jamais pouvoir faire confiance à Ileana.

– Pour quoi faire ?

– Pour qu'Ange ne vous la vole pas ! Et pour que je puisse identifier la bonne tourelle quand je viendrai vous sauver !

– Tu n'en auras pas besoin, dis-je en serrant la boule sur mon cœur. Tu n'auras pas de mal à repérer une brochette de Méchants pendouillant du haut d'une tour.

– Justement, dit la princesse. Vous aurez Ange aux trousses. Pas la peine qu'il vous la prenne. Elle sera en sécurité avec moi.

— Jusqu'à ce que tu nous poignardes dans le dos ! complète Jezebel.

— Pour la dernière fois : je ne vais trahir personne ! Même si l'envie de te jeter un sort, comtesse, commence furieusement à me démanger !

— Ne menace pas Jezebel ! dis-je en me plaçant devant elle.

En voyant l'expression que prend le visage d'Ileana, je me sens presque coupable. Presque. Mais je ne peux m'empêcher de penser à la prophétie et à tous les secrets qui nous ont entourés. Et si Ileana essayait de me dérober je ne sais quel pouvoir ? Bon, d'accord, c'est ma sœur. Mais je ne la connais pas si bien que ça !

— Eh ben gardez-le, votre joujou stupide ! s'emporte Ileana.

Elle nous tourne le dos et se précipite vers la grille d'évacuation par laquelle nous sommes entrés. Elle la fait glisser sur le sol.

— Où tu vas ? lui lance Loup.

— Faire ce que j'ai dit : chercher les dragons. Et je vous conseille d'être prêts quand je viendrai vous prendre, sinon je peux aussi très bien vous laisser là ! lâche-t-elle avant de disparaître dans le conduit.

— N'oublie pas nos habits ! supplie Loup.

Je ne sais pas si Ileana l'a entendu. Ni si elle

s'en soucie. Un instant, j'hésite à la suivre. Mais je reste là.

– Allez ! Maintenant, il faut qu'on aille repérer où est cette tapisserie.

Le Garçon Invisible fait toujours le guet devant la porte des toilettes. Il nous regarde sortir, étonné.

– Où est la princesse ?

– Elle prépare notre sortie. Mais elle va revenir. Enfin, j'espère. Pendant ce temps, tu peux peut-être nous aider. Une tapisserie ornée d'un chevalier combattant un dragon à trois têtes, ça te dit quelque chose ?

– Suivez-moi !

Il nous conduit à travers un dédale de couloirs presque vides à présent ; les Héros sont sans doute tous en classe. Je pense un instant qu'on ne nous cherche plus. Je me trompe.

– Ils sont là ! crie une voix.

Derrière nous, tout au bout du couloir, devant Ange Bienfait, Gigacerveau et Vortex, un hippopotame rose nous montre du doigt. C'est la Reine de la Ruche. Elle a tellement enflé sous l'effet des piqûres qu'elle ressemble à un ballon de baudruche prêt à éclater.

– Attrapez-les ! hurle-t-elle.

Enfin... j'imagine ! Elle a les lèvres si gonflées que ça ressemble plus à : « Aha-hé-hé ! ».

Les jeunes Héros se lancent à notre poursuite. Jez se change en chauve-souris et plonge sous ma cape, juste au moment où Vortex propulse un tourbillon dans le couloir, soulevant les rideaux qui laissent passer des rayons de soleil meurtrier. Le Garçon Invisible s'arrête net.

— Viens ! Qu'est-ce que tu attends ?

— Allez-y ! Continuez dans ce couloir, tournez deux fois à gauche, descendez les escaliers à droite et vous trouverez la tapisserie !

— Et toi ? s'étonne Loup.

— Je vais les retenir !

— T'es malade ?

Ce petit maigrichon est incapable de s'en sortir, ne serait-ce que face à l'un de nos adversaires. Alors seul contre tous, c'est de la folie !

— Filez ! Libère ton père ! Et dis à la princesse de ne pas m'oublier !

Il se jette ensuite à l'assaut du gang d'Ange avec un cri perçant. Ces Héros sont incorrigibles…

Nous passons à peine le premier virage que j'entends déjà des hurlements derrière nous. Mais nous ne pouvons pas nous permettre de faire marche arrière. Nous tournons encore une fois, descendons quelques marches et débouchons dans un hall dont nous inspectons les murs.

— Rune, par ici ! appelle Loup.

Il a trouvé la tapisserie du chevalier au dragon. Nos poursuivants se rapprochent dangereusement. Le Garçon Invisible a réussi à les retarder, mais la course-poursuite a repris de plus belle. Je pousse la tenture sur le côté et lâche un cri de surprise. La boule de cristal nous avait bien indiqué une entrée à cet endroit, pourtant, nous n'avons en face de nous qu'un mur de pierre !

— Où est la porte ? On a dû se tromper ! glapit Loup.

Je laisse retomber le tissu pour mieux l'examiner. Je compte même les têtes du dragon, on ne sait jamais. Trois. Oui, c'est bien la bonne.

— Je ne comprends pas...

— La boule a encore fait des siennes, conclut Loup.

Ange et sa clique dévalent le petit escalier par lequel nous sommes arrivés. Vite ! Il faut se cacher ! J'attrape Loup par la queue et le tire derrière la tapisserie.

— C'est la cachette la plus débile de tous les temps, grommelle-t-il. Il faudrait être aveugle pour ne pas nous voir.

— Tu as une meilleure idée ?

Il n'a pas le temps de me répondre : le mur cède dans notre dos. La porte dérobée ! Nous entrons et le mur reprend sa place. Nous sommes enfin devant l'escalier en colimaçon de la tourelle.

Je me retourne pour observer le mécanisme qui commande l'ouverture du passage secret. Nous avons dû actionner un levier sans nous en rendre compte.

— Qu'est-ce qui se passe ? s'inquiète Jezebel en sortant sa petite tête de chauve-souris de ma cape.

— Rentre, reste là-dessous ! Il y a trop de lumière pour toi !

Je saisis une pierre qui se détache du mur. Elle tombe par terre.

— Qu'est-ce que tu fabriques, Rune ? demande Loup.

Je pousse la roche sous le mécanisme pour le bloquer.

— Ça devrait nous faire gagner un peu de temps. Viens !

Nous grimpons les marches à toute vitesse. En passant devant la fenêtre, je cherche Ileana et les dragons du regard. Rien. Ce n'est pas le moment de céder à la panique ni de penser que la princesse pourrait nous trahir. Je dois me concentrer sur mon père.

En haut de l'escalier, nous arrivons devant l'épaisse porte en bois. Nous entrons dans la pièce. Mon père est bel et bien dans une cellule. Il a repris connaissance mais porte toujours les menottes magiques.

— Il était temps ! dit-il.

Pas un « Merci ». Pas même un « Ça va, Rune ? ». J'ai juste droit à :

— Mais qu'est-ce que c'est que cette tenue ?

Je regarde mon costume de Héros et rougis de honte. En relevant la tête, je remarque que mon père n'est pas seul.

— Qui est-ce ?

— Qui ça ? demande Jezebel en risquant à nouveau sa tête hors de ma cape.

Quand elle découvre qu'il n'y a pas de fenêtre dans la pièce, elle sort pour de bon et se retransforme en fille.

— Le directeur de cette école, Docteur Bienfait, qui voulez-vous que ce soit ? dit Obscuro, d'un ton blasé.

Je m'approche un peu : le docteur est replié sur lui-même, visiblement évanoui. À cet instant, on entend comme une tornade se déchaîner sous nos pieds.

— Sans doute un coup de Vortex ! Ils essaient de défoncer la porte !

— Comment on fait pour sortir Obscuro de là ? s'inquiète Loup.

— Je ne sais pas. Avec un sortilège ?

Je ne suis pas le plus doué en Solfilège. J'ai même causé quelques accidents : je finis toujours plus ou moins par mettre le feu au pantalon de quelqu'un.

– Vous pouvez aussi m'épargner des blessures corporelles en vous servant des clés.

D'un signe de tête, Obscuro nous indique où elles sont pendues. Je décroche le trousseau et ouvre la cellule.

– Où est la clé des menottes ?
– Si je l'avais, Rune, je n'aurais pas besoin de vous.
– Bon. On verra ça plus tard.

Une nouvelle explosion retentit en bas. Suivie de cris. Les Héros ne vont pas tarder à débouler.

– Et maintenant, Rune ? demande Jezebel. Tu nous as conduits jusqu'ici, mais comment comptes-tu nous sortir de là ? Tu veux qu'on se jette dans le vide, ou tu pensais qu'on s'enfuirait en s'envolant ?

– Exactement !

Nous allons tous à l'escalier. Jezebel lâche un couinement de surprise et se retransforme en chauve-souris. Cette fois, elle doit se cacher dans la cape de Loup, parce que je me tiens en plein soleil.

– Tu la vois ? s'informe Loup.
– Qui ça ? demande Obscuro.
– Ileana, répond Loup.
– Non…

J'ai beau me dire que la prophétie l'avait plus ou moins prédit, je n'arrive pas à croire qu'après tout ce qu'on a traversé ensemble, Ileana nous ait trahis.

– Qu'est-ce qu'on va faire ? glapit Loup.

L'entrée secrète cède avec un grand fracas. Nous remontons dans la petite pièce. Je ferme la porte et cale le montant d'une chaise contre la poignée.

– Bien joué, Rune ! ironise Obscuro. Avant, j'étais prisonnier. Maintenant, nous le sommes tous. Bravo !

On entend dans l'escalier des pas précipités. D'un coup violent, Vortex éjecte la porte de ses gonds, risquant de me décapiter au passage.

Une fois la poussière de débris retombée, Ange, Vortex et Gigacerveau apparaissent (je ne vois pas la « reine des abeilles » ; elle doit encore être occupée avec le Garçon Invisible). Ils bloquent la sortie. Nous sommes piégés.

– Rune, ne me dis pas que tu es venu jusqu'ici rien que pour sauver ton père ! se moque Ange. Pourquoi ? Il ne fait que t'humilier, te mentir et te trahir.

– Il marque un point, commente Loup.

Le Maître de l'Épouvante lui jette un regard noir.

– Désolé, ajoute aussitôt mon allié.

– J'agis au mieux pour son éducation. C'est tout, réplique mon père.

– Ah oui ? Comme lui mentir au sujet de sa mère ? Et de sa sœur ? lance Ange avec un sourire narquois. Eh oui, je suis au courant. Morgane m'a tout raconté.

Les yeux d'Obscuro lancent des éclairs.

– Je n'ai pas à me justifier auprès d'un Héros.

Ange n'a pas tort, au fond. Mon père a toujours été infâme avec moi. Il m'a pris à ma mère et m'a caché la vérité. En même temps, il n'a pas vraiment eu le choix. La boule de cristal a révélé que la reine ne pouvait pas me garder auprès d'elle. Qu'est-ce que mon père aurait pu faire ?

Une chose est sûre : ce n'est pas le moment de se tracasser avec tout ça. Nous sommes venus chercher Obscuro pour reprendre le Centre à Morgane. C'est la seule chose qui compte pour l'instant.

– Reconnaissez que vous avez perdu, lâche Ange. Personne ne viendra plus vous sauv...

Un terrible vacarme retentit, suivi d'un puissant rugissement. Le toit se désintègre et la lumière du soleil inonde la pièce. Heureusement, Jezebel est restée cachée sous la cape de Loup. Kremanglez plonge sur nous en hurlant. Au-dessus d'elle, Fafnir vole mollement, en émettant un drôle de sifflement. Ileana est perchée sur son dos cuirassé d'écailles.

Nous avons à peine le temps de réagir que Kremanglez est déjà dans la pièce. La petite salle a du mal à contenir son corps immense. La jeune dragonne bat de la queue, renversant, brisant les meubles et découpant les barreaux de la cellule comme si c'était du beurre. Il ne lui faut que quelques secondes pour démolir les lieux.

Les Héros ont trouvé refuge sous les restes d'un vieux bureau en bois. Ange risque un œil par en dessous, juste au moment où Kremanglez me cueille dans l'une de ses serres. De son autre patte, elle saisit Loup.

Nous décollons, puis Fafnir descend à son tour pour prendre mon père.

– Je n'ai pas dit mon dernier mot, Rune Drexler! menace Ange.

Est-ce qu'il va se lancer à notre poursuite? Après tout, il sait voler. Mais il n'a pas l'air parti pour. Peut-être qu'il ne se sent pas d'affronter seul deux dragons. Non, il préférera sans doute chercher de l'aide avant. Quelques minutes plus tard, l'Académie pour Super-Héros Supérieurs n'est déjà plus qu'un petit point derrière nous.

14

LA RENTRÉE DES CRASSES

Pour être sûrs de semer nos éventuels poursuivants, nous volons encore un moment avant de demander aux dragons de se poser dans une clairière. Ce n'est qu'à cet instant que je découvre que nous avons voyagé avec un supplément bagage.

– Qu'est-ce qu'il fait là, lui ?

Je cours vers Fafnir qui porte Docteur Bienfait, toujours inconscient.

– Oh, mais de rien ! lance Ileana en se laissant glisser du dragon. C'est tout naturel ! Je suis ravie de vous avoir sauvés, après que vous m'avez accusée de trahison.

Elle croise les bras et tape du pied. Elle a quitté son déguisement d'héroïne. Loup aimerait bien faire pareil.

– Tu as pensé à prendre nos vêtements, aussi ?

– Peut-être. Peut-être pas. D'abord, il me semble

que vous avez tous quelque chose d'autre à me demander.

– Pardon ! s'exclame aussitôt Loup.

Il tend la main, espérant récupérer ses habits. Ileana se tourne vers moi. Je respire un grand coup.

– Je suis désolé d'avoir cru que tu allais nous dénoncer aux Héros.

– Je peux avoir mes vêtements, maintenant ? supplie Loup.

Il meurt d'envie de se débarrasser de son horrible cape, mais Jez en a besoin pour se protéger du soleil.

– Pas encore, Loup. Il reste quelqu'un qui ne m'a pas présenté ses excuses.

– Allez, Jez ! fait Loup. Sinon je serai obligé de rester dans ce costume atroce toute ma vie !

– Ne sois pas idiot ! piaille Jez. Tu n'auras qu'à te changer au Centre.

– Bien sûr ! dis-je. Et on va rentrer à l'école habillés en Super-Héros, pendant que tu y es !

– M'en fiche, je resterai en chauve-souris.

– Si ça te chante, mais pas planquée dans nos capes. J'espère que tu vas apprécier ce petit bain de soleil.

Je plonge la main sous la cape de Loup pour l'attraper. Elle couine de terreur.

– C'est bon ! Je suis désolée !

Ileana sourit et nous tend nos vêtements. Loup et moi nous nous rhabillons derrière un arbre. Loup fait ensuite passer Jez de son costume de Héros à ma cape de Méchant. Elle attend que le soleil se couche pour se retransformer en fille et se changer à son tour.

Docteur Bienfait n'a toujours pas repris connaissance. Un mince filet de salive dégouline le long de son menton, comme une traînée de bave de limace. À côté de lui, mon père montre ses menottes à Ileana.

– Il serait peut-être temps de me les enlever.

– Pourquoi vous ne m'avez pas dit que Rune était mon frère jumeau ?

Mon père la dévisage un instant et soupire.

– Nous avons manifestement besoin d'en discuter. Mais le moment est mal choisi, princesse.

– Ah oui ? Et quel est le meilleur moment pour annoncer à quelqu'un que vous êtes son père, selon vous ?

Ileana est au bord des larmes. Loup toussote, gêné. Jez attrape son bras velu et l'entraîne à l'autre bout de la clairière. J'enfonce mon pied dans l'herbe et essaie de ne pas regarder la princesse. Je vous ai déjà dit que les Méchants ne savent plus où se mettre quand ils sont confrontés à ce genre d'émotions.

— Quand nous serons de retour au Centre, répond mon père. Parce qu'à l'heure où je vous parle, une armée entière de Super-Héros doit être prête à fondre sur mes élèves pour retrouver Docteur Somnole. Et j'imagine que si vous avez réussi à vous sortir des griffes de Morgane, c'est que la reine Catalina vous a aidés – ce qui veut dire qu'elle est en danger. Où l'avez-vous laissée quand vous avez décidé de faire l'école buissonnière ?

J'échange un regard coupable avec Ileana.

— Elle était en sécurité, dis-je. Enfin, normalement… À moins… à moins que Morgane ne l'ait trouvée avant que le sort ne se soit estompé.

— Le sort ? demande le Maître de l'Épouvante ? Tu as lancé un sortilège à ta propre mère ?

Je m'empresse de montrer Ileana du doigt. Hé ! Y a pas de loyauté qui tienne chez les Méchants !

— Bien joué, Ileana ! la félicite mon père. Prendre Cat… euh, Catalina par surprise n'est pas une mince affaire.

Quoi ? Je n'en reviens pas. La bouche de mon père frémit d'une drôle de façon. Il sourit ! Génial ! J'affronte toute une école de Super-Héros pour le sauver et je n'ai même pas droit à un « Merci », alors qu'Ileana jette un sort à notre mère et se voit gratifiée d'un « Bien joué ! »

Ileana sourit à notre père, mais pas longtemps.

– Tu as raison, Rune.
– Ah oui ?
– À propos de notre mère. Nous n'avons pas été très discrets en quittant le Centre.

Je repense à notre évasion : Kremanglez a carrément explosé le sommet de l'antre des dragons. Il est impossible que personne ne soit venu voir ce qui s'était passé. Est-ce que le sortilège a disparu à ce moment-là ? Ou est-ce que la reine a été obligée de regarder Morgane fondre sur elle sans pouvoir se défendre ? Ileana a l'air de se poser les mêmes questions que moi.

– Dépêchons-nous de rentrer ! lance la princesse.

Elle ôte l'une de ses épingles à cheveux et s'attaque aux menottes de mon père. Je ne connais personne d'aussi doué pour forcer les serrures. Alors quand, au bout de quelques minutes, mon père n'a toujours pas les mains libres, je commence à m'inquiéter.

– Je ne comprends pas, s'énerve Ileana. Je n'ai jamais vu une serrure pareille.

Je tente de la réconforter :

– Elle est magique. Peut-être qu'elle est inviolable.
– J'en ai déjà ouvert, des serrures magiques.

Ileana s'escrime avec son épingle à cheveux… qui finit par casser.

– Ces menottes doivent être spéciales, dis-je.

– Ma mère saura le faire, conclut Ileana en grimpant sur Fafnir. Venez ! Dès qu'on sera au Centre, elle pourra vous libérer.

Je m'attends à ce que mon père réprimande la princesse pour cet échec, mais il n'en fait rien. Eh ben, pas difficile de deviner qui il préfère entre Ileana et moi.

Nous sommes bientôt tous remontés sur les dragons. Sauf Docteur Bienfait, toujours dans le même état.

– Qu'est-ce qu'on en fait ? On l'abandonne ici ?

– Non, Runc. On l'emmène avec nous, déclare mon père. Il pourra nous être utile.

– À quoi ? Comme cible d'entraînement ?

Mon père me gratifie d'un coup d'œil glacial.

– Vous avez entendu le chef, dis-je au dragon. Emportez-moi ça !

Ileana traduit le message à Kremanglez qui ramasse le Héros dans ses serres. La princesse récupère également nos costumes de Héros pour les emporter.

– On ne sait jamais, me glisse-t-elle.

Quand nous arrivons devant le Centre, le ciel est d'un violet profond. Ileana commande aux dragons de rester à l'extérieur, mais de ne pas trop s'éloigner. Puis elle utilise un sort pour faire flotter Docteur Bienfait à côté de nous. Je m'engage sur le chemin qui mène, entre les ruines, à l'entrée principale.

— Pas par là, m'arrête mon père. Morgane a dû placer l'endroit sous surveillance.

— Comment on rentre, alors ? Par le trou qu'on a fait en partant ?

— Non, il existe un autre passage, nous révèle Obscuro.

Et là, on a droit à sa spécialité : un demi-tour effrayant au ralenti avec regard foudroyant.

— Mais vous ne devrez jamais le révéler à personne. Sous peine de mort !

Pas très rassurés, nous suivons mon père jusqu'à une proche colline. La nuit est tombée. Il fait froid et d'inquiétantes nappes de brume sortent de terre. Lorsque nous atteignons le sommet de la colline, je comprends enfin où mon père nous a entraînés. Je frémis.

Seules les plus hautes tombes émergent du brouillard et semblent flotter comme des bateaux fantômes. Les arbres racornis tordent leurs vieilles branches en direction d'un croissant de lune qui fait luire la brume. Méchant que je suis, on pourrait se dire que je me trouve dans mon élément, ici. Mais quand nous franchissons la grille en fer du Cimetière du Silence Éternel, je ne peux réprimer un frisson.

15

UN PIED DANS LA TOMBE

Nous parcourons le labyrinthe de tombes. Il fait de plus en plus froid. Au moindre craquement de branche, au moindre bruissement de feuille, nous sursautons. Loup me suit, les oreilles dressées, la queue entre les jambes.

— Et si on tombe sur des fantômes ?
— Ça n'existe pas, déclare Jezebel.
— Venant d'une vampire, c'est plutôt comique, ajoute Ileana.
— Rune… murmure Loup en se rapprochant de moi.
— Quoi ?
— Tu crois que ton père veut se débarrasser de nous ? Qu'il va nous jeter dans un trou, ni vu ni connu ?
— Nan. Il est très consciencieux. Je suis sûr qu'il prendra le temps de nous ériger de belles sépultures.

Les yeux de Loup sont sur le point de lui sortir de la tête.

— On vient de le sauver, Loup. Il ne va quand même pas se retourner contre nous, dis-je pour le calmer.

Enfin, j'espère...

— Restez silencieux, commande mon père.

— Comme des tombes !

Je n'ai pas pu m'en empêcher, mais mon père n'apprécie pas mon sens de l'humour : il me jette un regard noir. Peu après, il s'arrête devant un monument en pierre. Un mausolée, avec une crypte.

— Entrez, dit-il.

Loup s'agrippe à moi, pas rassuré du tout ; il glapit. Je me risque à demander :

— Pourquoi là-dedans ?

— Parce que je vous l'ordonne.

Nous suivons donc mon père dans la tombe. Ça sent l'humidité. Une fois que nous sommes tous tassés dans l'obscurité, le Maître de l'Épouvante me tend un objet qu'il a décroché du mur. C'est une torche.

— Eh bien ? demande-t-il.

— Quoi ?

— Allumez-la, Rune !

— Ah ! Oui.

Après avoir roussi la fourrure de Loup et fait un

trou dans la cape de mon père, j'y parviens enfin. Nous découvrons alors la petite pièce carrée dans laquelle nous nous trouvons. De la mousse pousse dans les fissures du mur. Au milieu de la crypte trône un long cercueil. Je ne meurs pas d'envie de savoir ce qu'il y a dedans, mais je devine que je vais le savoir quand même. Mon père fait basculer le vieux vase qui le décore. C'est sans doute un système de levier, car un engrenage se déclenche en grinçant. Le couvercle du cercueil s'ouvre lentement.

Loup couine de plus belle. Ileana recule. Même Jezebel a l'air impressionné. Je lève la torche, pensant apercevoir de vieux os desséchés et des lambeaux de vêtements. Mais ce n'est qu'un escalier qui s'enfonce sous la terre.

— Un passage secret! s'écrie Jezebel.

— Et qui le restera, ajoute Obscuro. À moins que vous n'ayez envie de passer le reste de votre scolarité suspendus au-dessus de chaudrons bouillonnants. Compris?

Nous nous dépêchons de répondre «oui» tous en chœur. Mon père me prend alors le flambeau et disparaît par l'ouverture. Jez le suit, puis Loup et enfin Ileana, Docteur Bienfait flottant au-dessus de sa tête. Je ferme la marche. En bas des escaliers, Obscuro actionne un nouveau levier, et le couvercle du cercueil se remet bruyamment en place.

Nous marchons le long d'un vieux tunnel qui ressemble beaucoup aux couloirs de notre école, en plus sombre et plus humide. De temps en temps, on entend le faible *ploc* d'une goutte tombant dans une flaque invisible. À part ça, on ne perçoit que le crépitement de la torche et le léger bruit de nos pas.

Le tunnel s'arrête net, coupé par un mur de pierre lisse. Mon père confie la torche à Jezebel. Il pose un doigt sur sa bouche, pousse un petit panneau dissimulé dans la paroi et y presse son visage. Il étouffe un cri et me fait signe d'approcher. J'avance le plus doucement possible et regarde par l'ouverture. Il me faut un moment pour saisir ce que j'ai devant les yeux.

À travers l'étrange judas, je découvre une pièce. À l'autre bout, en face de moi, j'aperçois une porte. Plus près se trouve un bureau. Un bureau au plateau d'onyx noir. C'est celui d'Obscuro ! Nous nous trouvons en fait juste derrière sa vitrine, celle où il enferme sa boule de cristal. Quand elle n'est pas cachée sous ma cape…

De l'autre côté de la paroi, une blonde me tourne le dos et me bouche un peu la vue. C'est Morgane, assise au bureau d'Obscuro ! En face d'elle se tient une femme, les mains liées par des menottes magiques. Il s'agit de la reine Catalina. Non ! Ce n'est pas simplement la reine bienveillante : c'est ma mère ! À la voir ainsi traitée, je sens une vague de colère monter en moi.

– Tu ne pourras pas me garder enfermée pour toujours, Morgane. Veldin ne va plus tarder, et il te reprendra son école. Tu devrais fuir, pendant qu'il en est encore temps.

Morgane éclate de rire.

– Oh, Cat. Tu n'as décidément jamais rien compris aux Méchants. Laisse-moi te rappeler deux ou trois choses. D'abord, les Méchants ne volent pas au secours des gens. Ils complotent. Ils sabotent. Voilà comment j'agis. Et Veldin aussi.

– Tu te trompes. Il viendra me sauver. Et tu le regretteras !

– L'ancien Veldin aurait peut-être agi ainsi. Mais depuis que tu es partie, il a changé. Ce n'est plus l'homme que tu as aimé, Cat. Désormais, il est aussi impitoyable que n'importe quel Méchant. Mais moins que moi, bien sûr ! Sincèrement, ton départ est ce qui lui est arrivé de mieux. Il n'a plus d'amour en lui.

– Ce n'est pas vrai ! crie la reine. Il aime ses enfants ! Et ils vont le sauver !

Morgane rit de plus belle.

– Je ne crois pas. Toute une école de Super-Héros contre quatre Méchants récalcitrants ? À l'heure qu'il est, ils sont sans doute enfermés dans une tourelle. Avec un peu de chance, ils sont même déjà... Qu'est-ce que c'est que ça ?

Le sol s'est mis à trembler. Je m'écarte de la paroi. Il ne se passe plus rien pendant un moment. Puis je perçois une nouvelle secousse, plus forte. Nous nous prenons une pluie de poussière et de débris.

— Les Héros sont arrivés, déclare mon père en regardant Docteur Bienfait toujours inconscient.

Nous entendons des cris. Je me remets à espionner Morgane. L'un de ses gardes est entré dans la pièce.

— Dame Morgane ! L'école est assiégée !

— Qui ose nous attaquer ?

— Des Super-Héros !

— Comment ? Quel sale fourbe, ce petit Bienfait ! Il va regretter de s'en être pris à moi ! Rassemblez les professeurs du Centre et tous les Apprentis devant l'entrée principale ! Sur-le-champ !

— Tout de suite, Madame.

Le garde se précipite dans le couloir.

— J'aurais bien aimé papoter encore un peu avec toi, Cat, mais le devoir m'appelle. Diriger deux écoles est un tel fardeau. Attends-moi bien gentiment, je reviens.

Sur ce, la sorcière jette un sort à la reine, l'obligeant à s'asseoir dans un fauteuil duquel elle ne peut plus s'arracher.

— Laisse-moi sortir, et je t'aiderai !

— Oh, Cat ! ricane Morgane. Ne me dis pas que tu crois que je vais te relâcher ! J'ai d'autres projets pour toi. Une fois que j'aurai éradiqué cette invasion de Super-Héros, je pense que je vais m'intéresser de plus près à ton royaume. Je suis sûre qu'une couronne m'irait à ravir. Qu'est-ce que tu en dis ? À tout à l'heure !

Avant de quitter la pièce, Morgane s'arrête un instant pour s'admirer dans une glace.

Je chuchote à mes alliés :

— Ça y est, l'horrible snob est partie.

— Et dire que je trouvais Jezebel prétentieuse, lâche Ileana.

Je retiens Jez, prête à se jeter sur la princesse.

— Et maintenant ? demande Loup.

— Reculez, ordonne mon père.

De la poche de sa chemise, il tire les clés qu'il porte d'habitude autour du cou.

— Déplacez cette pierre, Rune.

J'appuie sur la petite pierre ronde qu'il m'indique. Elle coulisse, dévoilant une serrure. Mon père me tend une clé. Je donne un tour. On entend un déclic, puis le mur s'ébranle et glisse sur le côté. Nous entrons dans le bureau. La reine nous accueille avec un grand sourire.

— Il était temps !

16

FAUT PAS CHERCHER LA PETITE BÊTE À DOCTEUR BIENFAIT

Ileana traverse la pièce et se jette dans les bras de sa mère.

– Maman !

– Ma chérie, est-ce que tu pourrais me sortir de ce fauteuil ?

Il ne faut que deux tentatives à la princesse pour annuler le sort de Morgane. La reine lève ses menottes magiques.

– Tu pourrais m'enlever ça, aussi ?

– Hum. Elles ne me réussissent pas trop, celles-là. Mais il me reste encore une épingle à cheveux, si tu veux.

La reine s'en sert pour se libérer. Mon père tend ensuite ses propres menottes.

– Si ça ne t'ennuie pas…

– Tu n'as pas réussi à les ouvrir, Ileana ? s'étonne la reine.

– Non, avoue-t-elle, gênée.
– Laisse-moi te montrer comment il faut faire.

Ileana regarde sa mère s'affairer sur la petite serrure.

– Tu vois, dit-elle. Si tu courbes ton épingle comme ceci et que tu fais juste un demi-tour…
– Ah, j'ai compris! s'exclame Ileana.

Elle prend la place de Catalina. Peu après, un petit déclic signale qu'Obscuro est enfin libre.

– Qui est-ce? demande alors la reine en désignant Docteur Flottant.
– C'est une longue histoire… dis-je.
– Qui attendra encore, coupe mon père. Il faut d'abord combattre les Super-Héros, puis en finir avec Morgane.
– C'est vrai! Allons-y!

Mon père me tend la main.

– Rune…

Je reste bêtement sans rien faire. Est-ce qu'il veut que je lui serre la main? Que je tope là? Il clarifie tout de suite la situation :

– La boule de cristal.
– Oh…

Je la sors de dessous ma cape et la lui rends.

– Montre-nous pourquoi les Héros nous attaquent, commande-t-il aussitôt.

Nous nous rassemblons autour de la sphère qui

montre Ange Bienfait haranguant les Super-Héros :

— Amis Héros ! Notre captif s'est enfui avec les autres Méchants ! Mais il y a plus grave encore ! Ils ont pris en otage notre mentor bien-aimé, mon père, Docteur Bienfait ! Nous devons nous rendre dans leur école maudite pour les combattre ! Mon père vous a toujours montré la voie. Laissez-moi aujourd'hui vous montrer le chemin pour le sauver et voler vers la victoire !

La foule de professeurs et d'élèves l'acclame.

— Rassemblez-vous devant l'école ! Nous partons immédiatement ! annonce Ange.

Pendant que les Héros obéissent, il se tourne vers sa bande : Gigacerveau, Vortex et Aeroboy.

— Nous devons mettre la main sur mon père avant les autres. S'il se réveille, il révélera aux Héros que nous voulions prendre le contrôle de l'Académie. Ce serait la fin ! Il faut nous débarrasser de lui. On dira que c'est un coup des Méchants. Puis nous détruirons leur Centre ! Après, plus personne ne mettra en question notre autorité !

Aeroboy a l'air d'hésiter.

— Je ne sais pas. Il vaudrait sans doute mieux sauver ton père. Il te pardonnera peut-être et…

— Non ! Nous sommes allés trop loin pour ça !

— Ouais, Aero. Arrête un peu de faire le bébé, se moque Gigacerveau.

Aeroboy fronce les sourcils, mais ne dit plus rien.

— Allons-y ! lance Ange.

Dans la boule de cristal, la scène se dissipe.

— Bon, qu'est-ce qu'on fait ? demande Jezebel.

Les mains sur les hanches, elle a pris une posture de défi, mais je sais qu'elle est tendue. Si on peut reprocher beaucoup de choses à Morgane, elle a raison sur un point : « Toute une école de Super-Héros contre quatre Méchants récalcitrants » ? Même avec le Maître de l'Épouvante et la reine de notre côté, on ne fait pas le poids.

— Il faut mettre Morgane hors d'état de nuire et stopper les Héros ! lance Ileana.

— Et comment vous comptez vous y prendre ? demande Loup, en triturant nerveusement sa queue.

— Je me charge de Morgane ! déclare Catalina.

Les yeux de la reine lancent des éclairs. Je pense que Morgane l'a sous-estimée en tant que Méchante... et aussi comme ennemie.

— Non, dit mon père. Je viens avec toi.

Pendant un instant, ils restent les yeux dans les yeux. Puis il se détourne et se racle la gorge. Je les ramène aux choses sérieuses :

— Et nous, dans tout ça ?

Mon père regarde Docteur Comateux.

– Il me semble que c'est pourtant évident, Rune : vous protégez ce Super-Héros.

– Quoi ?

– Il est le seul à pouvoir expliquer aux Héros que son fils est un traître. Faites en sorte de le réveiller, avant que les énergumènes de son espèce n'aient détruit tout le Centre.

Il part ensuite avec la reine à la recherche de Morgane. Mes alliés et moi nous retrouvons désemparés face à Docteur Roupille. Ileana annule son sort. Le Héros tombe lourdement sur la queue de Loup.

– Wouahouille !

– Bon, il va falloir trouver un moyen de le réveiller, dit Jez.

Loup lui balance un petit coup de pied dans les côtes.

– Debout !

– Euh… Loup, dis-je. Si une bande de Méchants, des sortilèges et des dragons ne l'ont pas fait broncher, je ne crois pas que tu vas y arriver comme ça. On dirait qu'il a été ensorcelé.

– Les pouvoirs des Héros ne fonctionnent pas comme ceux des Méchants, explique Jez. Les Héros ont toujours une faiblesse – un talon d'Achille qui les rend très vulnérables. Si seulement on connaissait le sien, on pourrait le sortir de cet état.

— Attendez ! Quand nous avons espionné Ange dans son Académie, je l'ai vu sortir une boîte avec des bestioles dedans. Il s'en est servi pour affaiblir son père. Peut-être que les créatures sont encore sur lui. Fouillons-le !

Dans le couloir, une déflagration terrible retentit, suivie d'une cavalcade – sans doute les élèves et les professeurs de notre école qui se ruent pour défendre le Centre.

— Dépêchons-nous ! Nous n'avons pas beaucoup de temps.

On palpe le docteur, on le déchausse, on vide ses poches. Rien.

— Aidez-moi à lui enlever sa chemise.

— Aaah ! crie Jez quand elle le découvre torse nu.

— Quoi ? Tu as repéré quelque chose ?

— Non, mais… Nom d'un troll, qu'est-ce qu'il est poilu !

— Et alors ? Où est le problème ? se vexe Loup.

— Rooooooh ! Là ! C'est trop chou ! s'exclame Ileana.

Elle a pris sa petite voix gnangnan de quand elle voit un bébé, caresse un chaton ou un autre truc dégueu dans ce genre. Je lève les yeux au ciel.

— Quoi, encore ! Laisse-moi deviner : il s'est fait tatouer un bébé dauphin ?

— Non, il a un petit gars trop mignon qui lui court derrière l'oreille.

Ileana fait monter sur son doigt une minuscule bête orange qui se promène paresseusement sur sa main. Loup fronce la truffe de dégoût.

– Qu'est-ce que c'est que ça ?

– Berk ! Écrase-le ! crie Jezebel.

– Non, ne lui faites pas de mal ! Ce n'est qu'une petite chenille de rien du tout.

Docteur Bienfait ouvre lentement les yeux.

– Que… Qu'est-ce qui se passe ? Où suis-je ? Aaah ! Éloignez cette chose ! lâche-t-il en découvrant la chenille sur la princesse.

Il se recroqueville dans un coin. Non mais vraiment, qu'est-ce qui lui prend ? D'un coup, je comprends :

– Bien sûr ! Ange avait une boîte pleine de chenilles ! Quand elles ont grimpé sur Docteur Bienfait, il a perdu tous ses pouvoirs. Voilà sa faiblesse !

– Tu crains les petites bêtes ? C'est pathétique, mon pote ! ricane Loup.

Le docteur attrape Loup par la peau du cou et le soulève comme une plume.

– Tu disais, jeune chiot ?

– Euh, rien. Désolé, m'sieur !

Il le relâche.

– Est-ce que l'un d'entre vous pourrait m'expliquer ce qui se passe ?

Je commence par lui rendre sa chemise. Ensuite, j'essaie de le prendre par ses sentiments de Héros :

— Nous avons besoin de votre aide, Docteur Bienfait.

Nouvelle explosion. Ça se rapproche !

— Comment ça ? s'étonne le Héros.

Nous essayons de lui résumer la situation : le pacte d'Ange avec Morgane, l'enlèvement de mon père, la trahison de son propre fils, sans oublier le projet de celui-ci de prendre la tête de la communauté des Héros. Je conclus :

— Et maintenant, il attaque notre école. S'il vous plaît, faites quelque chose !

— Laissez-moi réfléchir… Après tout, c'est un repaire de Méchants. Je ferais mieux de laisser mes Héros vous massacrer.

Je ne sais pas trop quoi répondre. Jezebel, si :

— Ah, parce que c'est nous les Méchants ? Nous ? Je vous rappelle que c'est votre fils qui a enlevé notre directeur. Ce même fils qui a conclu un marché avec une Méchante pour vous duper. Qui vous a trahi et emprisonné. Et qui s'est servi de votre point faible contre vous !

— Et qui est venu vous sortir de prison ? renchérit Ileana. Qui vous a tiré des griffes de ça ?

Elle lui balance la petite chenille sous le nez. Le docteur a un mouvement de recul.

– Je vous ai peut-être mal jugés. Vous avez raison : je vais vous aider. Rien que pour cette fois.

– Tu as un plan, Rune ? me demande Loup.

– Il faut que Docteur Bienfait explique aux Héros qu'Ange est un traître. Il saura les convaincre de cesser leur offensive. Allez, on y va !

Le docteur nous arrête :

– Attendez ! D'abord, je dois vous confier un secret, au cas où il m'arriverait quoi que ce soit. Il s'agit du point faible d'Ange...

Autant dire que j'ai hâte de l'apprendre !

– On vous écoute.

17
LES HÉROS CHANGENT DE CAMP

Dans le couloir retentit une nouvelle explosion, suivie de cris de plus en plus proches. Nous nous précipitons dans le corridor et tombons nez à nez avec Ange et sa clique.

— Ange ! crie Docteur Bienfait.

— Père !

Ange paraît décontenancé, mais il se ressaisit vite. Il se précipite sur son père pour le prendre dans ses bras.

— Tu es sain et sauf, quel soulagement ! Nous étions si inquiets !

— Inquiets ? Mais vous m'avez trahi ! dit le docteur en repoussant son fils qui fait semblant de s'étonner. Vous avez utilisé mon point faible contre moi. Vous m'avez emprisonné. Je ne dois mon salut qu'à une bande de… de Méchants !

— Non, Père, ce n'est pas vrai. Jamais je ne ferais

une chose pareille ! Ces Méchants t'ont jeté un sort !

Docteur Bienfait nous regarde, perplexe. Derrière lui, Ange me décoche un sourire diabolique. Je ne vais pas me laisser faire.

— Il ment ! Il essaie de vous piéger à nouveau. Ne l'écoutez pas !

— Oh, bien sûr, vil Méchant ! Comme si mon père allait se fier au rejeton d'un sorcier plutôt qu'à son propre fils. Père, ils sont venus te kidnapper dans notre école. Tu ne te souviens donc de rien ?

— Je... Je me rappelle que tu m'as trahi, Ange.

— Mais c'est insensé ! Tu venais de m'accueillir à bras ouverts parce que je t'avais ramené le Maître de l'Épouvante comme prisonnier.

— Oui... reconnaît Docteur Bienfait en se massant le front. Je m'en souviens, mais je ne sais plus qui croire.

— Alors laisse-moi te prouver ma loyauté, Père. Attrapez-les ! crie Ange à ses comparses.

Vortex nous bombarde d'un petit cyclone. Je me jette sur la droite ; Jezebel et Ileana poussent Loup sur la gauche. La princesse envoie un sortilège à Vortex. Pendant qu'elle lutte contre lui, Gigacerveau se rue sur Loup, et Aeroboy lévite vers Jezebel. Les yeux rivés sur Ange, je ne vois pas la comtesse ; j'entends juste le petit *plop !* familier qui signifie qu'elle s'est changée en chauve-souris.

J'essaie d'ensorceler Ange, mais il esquive en volant et se pose derrière moi. Je me retourne pour lui décocher un nouveau sort. Une fois encore, il se montre plus rapide.

Un cri terrible me déconcentre. À côté de moi, Loup Junior se tortille de douleur, la tête entre les pattes. Doigts sur les tempes, Gigacerveau concentre son énergie contre lui. Le Héros à la grosse tête doit utiliser une espèce de pouvoir psychique pour torturer Loup. Au moment où je m'apprête à venir en aide à mon allié, quelqu'un me saisit par les poignets. Je me retrouve enchaîné ! Pas possible ! C'est Docteur Bienfait qui m'a capturé ! Il attache aussi Loup qui, dégagé de l'emprise de Gigacerveau, tombe comme une masse. Peu après, tous mes alliés sont prisonniers. Même Jezebel. Aeroboy la traîne vers nous. Ange tape dans le dos du docteur.

– Bien joué, Père ! Et si tu les conduisais dans le bureau du directeur, pendant que les gars et moi allons nous joindre à la bataille ?

– Je suis désolé d'avoir douté de toi, mon fils, s'excuse Docteur Bienfait en nous poussant dans une pièce.

– Ce n'est pas ta faute : ils se sont joués de toi.

Ange se glisse discrètement derrière son père. Il tient un objet à la main.

– Docteur Bienfait ! Attention !

Je l'avertis trop tard. Ange vide toute une boîte de chenilles sur la tête de son père. Le vieux Super-Héros s'écroule aussitôt, terrassé par une colonie de petites bêtes poilues.

– Maintenant, lance Ange, je n'ai plus qu'à m'occuper de vous un par un !

Il n'a pas le temps de passer à l'acte : une explosion derrière la porte l'interrompt. La bataille a fini par se propager jusqu'à nous.

Dans le couloir, mauvais sorts et Super-Héros tournoient dans les airs. Dans cet affrontement entre Héros et Méchants, éclairs de feu crépitent contre décharges de glace.

– Personne ne doit voir nos prisonniers ! ordonne Ange à ses acolytes. Aero, tu restes ici pour monter la garde.

– Mais… mais, Ange, proteste celui-ci en désignant le docteur inconscient. Ça ne te paraît pas… mal ?

– Pourquoi est-ce qu'il faut toujours que tu fasses le bébé, Aero ?

– Je ne suis pas un bébé…

– Alors arrête de discuter les ordres, abruti ! rétorque Gigacerveau.

Il lui colle une tape sur l'arrière du crâne.

– Quand nous aurons remporté la bataille, nous

reviendrons les achever, explique Ange. Nous annoncerons à tout le monde que mon père a péri en essayant de se libérer. Mais pas avant d'avoir emporté quatre Méchants avec lui dans la tombe.

Ange nous gratifie d'un nouveau sourire diabolique avant de quitter la pièce avec Gigacerveau et Vortex.

Dès qu'ils ont refermé la porte, Aero lévite puis se pose sur le bureau de mon père.

— N'essayez pas de jouer aux plus malins avec moi, prévient-il.

— Comment tu fais pour supporter un crétin comme Ange ? lui demande Jezebel.

— Ce n'est pas un crétin. C'est un… grand chef, bredouille-t-il sans oser la regarder.

— Tu n'as pas l'air convaincu, note Ileana. Toi, tu pourrais faire un grand chef.

— Vous essayez de m'embrouiller !

— Pas du tout ! Je le pense vraiment. Tu as l'occasion d'agir comme il le faut. N'est-ce pas, Rune ?

— Hein ?

Ileana me regarde de travers.

— Euh, oui ! Elle a raison ! Pourquoi tu laisses Gigacerveau et Vortex te traiter comme ça ?

Aero ne lève pas la tête. Jezebel en profite pour retirer l'une de ses épingles à cheveux et la passe à Ileana. Je dois absolument distraire notre geôlier.

— Ils passent leur temps à se moquer de toi. Sans parler d'Ange, qui te refile les tâches les plus ingrates pour se réserver toute la gloire. T'en as pas marre ?

— Mais… mais Ange est mon ami…

— Tu parles ! Il ne pense qu'à vous mettre dans de sales draps. Il a trahi votre directeur d'école et maintenant, il espère prendre le contrôle de toute la communauté des Héros. Ce n'est pas ton ami. C'est un Méchant !

Ça me fait mal d'accorder ce titre à Ange. Mais il faut que je continue à faire diversion. Le Héros contemple Docteur Bienfait toujours évanoui, puis me regarde. Il se tourne à nouveau vers le docteur, comme s'il se demandait quoi faire. Ileana ne lui laisse pas le temps de se décider : elle ôte ses menottes et lui décoche un sort par-derrière. Une simple formule, et *hop !* Aero se met à ronfler, la tête sur un bureau.

— J'ai réussi ! s'exclame Ileana.

— Bien joué ! la félicite Jez.

Il y a un silence gêné.

— Je rêve, ou tu viens de me faire un compliment ? demande la princesse en souriant.

— Quoi ? Je ne t'ai quand même pas demandé de devenir ma meilleure amie pour la vie. Tu t'en es bien sortie en utilisant mon épingle à cheveux pour forcer la serrure, c'est tout.

– Les mains dans le dos, en plus. Qu'est-ce que je suis bonne !

– C'est ça, le drame : aussi bonne que gentille ! Et on ne pourra sans doute jamais te guérir. Dis-moi, la reine de l'ouverture des serrures, ça ne te dérangerait pas de me libérer, pendant que tu y es ?

Ça y est, les filles ont repris leurs bonnes vieilles habitudes. Heureusement, Ileana ne se froisse pas et nous libère tous.

Loup se tient la tête en grognant de douleur.

– Ça va ?

– Ouais, Rune. À part une migraine d'enfer. Allons-y ! J'ai hâte de mettre mes pattes sur ce Gigacerveau !

– Attends. Qu'est-ce qu'on va faire du docteur ?

– On le laisse ici, Rune, déclare Jezebel. Il est capable de nous trahir une fois de plus.

– Mais si on veut convaincre les Héros de stopper leur attaque ? Il faut bien qu'on le réveille !

– Même avec son aide, on risque d'avoir du mal à battre Ange, remarque Ileana.

– Pas sûr. Rappelez-vous ce que Docteur Bienfait nous a confié, au sujet du point faible de son fils. Jezebel, c'est toi la spécialiste : je compte sur toi !

– C'est comme si c'était fait !

Et *plop* ! elle se change en chauve-souris et file à tire-d'aile.

— Je n'ai pas suivi, avoue Loup. Qu'est-ce qui se passe ?

— Ange va payer, voilà ce qui va se passer !

Mais d'abord, nous devons nous lancer dans la cueillette des chenilles sur Docteur Bienfait. Nous n'en sommes qu'à la moitié quand Aeroboy se réveille.

— Qu'est-ce que vous lui faites ? demande-t-il, encore vaseux.

Ileana s'apprête à lui lancer un nouveau sortilège, mais je l'en empêche.

— Nous le sauvons. C'est lui, le directeur légitime de votre école. Pas Ange. Il est l'heure de choisir ton camp, Aeroboy.

Il a d'abord l'air indécis. Puis son regard se durcit.

— Comment puis-je vous aider ?

C'est là que Jezebel revient, un baluchon sur l'épaule.

— Je suis tombée sur quelqu'un dans le couloir.

— Ange ?

— Non, lui !

Elle tient une grosse poignée de rien.

— Ça y est, elle a disjoncté ! commente Ileana.

— Princesse ! Vous êtes saine et sauve ! couine une petite voix familière.

Lentement, le Garçon Invisible apparaît dans son costume gris et blanc. Il se précipite pour faire un baisemain à Ileana. Dans son dos, Jezebel se moque du jeune Héros : elle fait semblant de prendre quelqu'un dans ses bras et de le couvrir de baisers. Ileana la foudroie du regard.

— Nous avons un problème, déclare alors la comtesse en me jetant son baluchon.

— Ça, c'est ce que j'appelle un scoop, ironise Loup.

— Qu'est-ce qu'il y a, Jez ?

— Ange et sa clique ont vaincu vos professeurs, répond le Garçon Invisible.

— Ils ont enfermé tous les élèves Méchants dans la cavefétéria, ajoute Jezebel. J'ai peur qu'il soit trop tard, Rune.

— Non, pas encore. Mais nous devons faire vite ! Aero, finis d'enlever toutes ces chenilles pour réveiller Docteur Bienfait. Ensuite, dévoile-lui les plans d'Ange. Persuade-le de mettre un terme à cette attaque.

Le Héros ôte frénétiquement toutes les petites bêtes poilues courant sur le docteur.

— Et vous ? demande-t-il.

— Nous allons écraser Ange Bienfait.

— Comment ? s'informe le Garçon Invisible.

Je fouille dans le sac qu'a apporté Jezebel et en sort notre arme secrète.

— Avec ça !

18

DOUCE VENGEANCE

Mes alliés et moi courons à la cavefétéria. Nous nous plaçons discrètement à l'entrée pour épier Ange. Je l'observe à travers un petit trou dans la porte. Debout sur une table, il discute avec Gigacerveau et Vortex. Encerclés par les Super-Héros, les élèves Méchants sont regroupés au centre de la pièce.

— Je ne vois ni Obscuro ni la reine Catalina. Ni Morgane, dis-je à mes alliés. Où peuvent-ils bien être ?

— On n'a pas le temps de s'en préoccuper, Rune. Ange est prêt à exécuter tous les élèves ! s'affole Jezebel.

— Ouais, et mon poing meurt d'envie de faire connaissance avec la tronche de Gigacerveau, déclare Loup en cognant ses pognes l'une contre l'autre.

Je ne sais pas au juste ce que le Héros à la grosse

tête a fait subir à Loup, mais il l'a vraiment énervé. Je ne l'ai jamais vu aussi remonté !

– On ne peut pas débarquer comme des fleurs, prévient Ileana. On ne nous laissera même pas arriver jusqu'à Ange.

– La princesse a raison, reconnaît le Garçon Invisible.

J'ai comme l'impression que ce gamin sera toujours du côté d'Ileana.

– J'ai peut-être une idée, dis-je. C'est risqué, mais ça vaut la peine de tenter le coup. Jez, vole jusqu'à la classe de Grigri et rapporte-moi une fiole à potion. Ileana, va chercher les costumes de Héros.

– Tout mais pas ça, grommelle Loup.

Les filles partent aussitôt. Dès qu'elles sont de retour, j'expose la suite de mon plan. Quand tout le monde a bien compris, je donne l'ordre d'enfiler les habits de Héros.

– Prêts ?

Mes alliés font « oui » de la tête.

Nous nous glissons furtivement dans la cavefétéria et nous nous éparpillons aussitôt. Ileana, Loup, le Garçon Invisible et Jezebel se fondent dans la foule des Super-Héros pendant que je me fraie un chemin jusqu'à la table où se tiennent Ange et sa clique.

– Quelle disparition tragique ! déclare Ange.

Mon père était un homme courageux. Dans son dernier souffle, par-dessus les corps de ses ennemis terrassés, il m'a confié… Drexler !

Un murmure de surprise parcourt l'assemblée. Ange m'a repéré.

– Il n'est pas des nôtres ! C'est un Méchant ! Attrapez-le !

Les Héros s'apprêtent à fondre sur moi. Je me dépêche de sortir le flacon de potion. Je retire le bouchon et l'approche de mes lèvres.

– Empêchez-le de boire ! crie Ange.

Gigacerveau et Vortex se jettent sur moi avant que j'aie pu avaler la moindre goutte. Ange saute de la table pour nous rejoindre ; les Héros s'écartent pour le laisser passer.

– Alors comme ça, tu as réussi à t'enfuir ? Qu'est-ce que tu tiens, là ?

Pendant que je me débats entre Gigacerveau et Vortex, Ange m'arrache le flacon des mains. Il lit l'étiquette

– « Potion de superpuissance »… Tiens, tiens ! Tu comptais te changer en Super-Héros ?

– Ne m'insulte pas ! Ce sont les Héros de ton espèce qui me rendent fier d'être Méchant !

Je ne sais pas si ça veut dire grand-chose, mais en tout cas, ça sonne bien. Je lui crache à la figure. Ça me rend tout joyeux, jusqu'à ce que je me prenne son poing dans l'estomac. Je me plie en deux en grognant. Dès que je retrouve mon souffle, je lâche :

– Même pas mal. T'as du jus de navet dans les veines ?

Je me redresse doucement. Rouge de colère, Ange s'essuie le visage d'un revers de manche.

– Je crois que tu mérites une bonne leçon, Drexler. On va voir si tu feras encore le malin, quand j'aurai avalé ça !

Il s'apprête à ingurgiter la potion. Je m'agite de plus belle, toujours retenu par les poignes de fer de Gigacerveau et de Vortex.

– Non ! Pas ça !

Ange me gratifie de son sourire diabolique, avant de vider le contenu du flacon d'un trait.

– Je sens que la potion opère !

Mais son sourire victorieux ne tarde pas à s'estomper. Le jeune Bienfait commence même à s'inquiéter et se tient la gorge. C'est à mon tour de triompher.

– Que... Qu'est-ce qu'il y avait, là-dedans ? demande-t-il d'une voix rauque.

– Juste un peu de chocolat chaud. Gracieusement offert par la comtesse Jezebel Dracula.

Ange tombe à genoux.

– Non ! Le chocolat... est... mon... point... faible.

Gigacerveau et Vortex me relâchent et reculent, horrifiés. Je m'accroupis à côté d'Ange qui se tortille par terre.

– Pas de bol ! Je t'avais pourtant dit de ne pas le boire.

Ange perd connaissance. Je me relève et crie :
– Maintenant !

Loup, Jezebel et Ileana se défont de leurs masques et de leurs capes pour attaquer les Héros. Quand les autres Méchants comprennent ce qui se passe, ils se joignent à la bagarre.

Les nôtres envoient des sorts de-ci de-là, mais ils ne pèsent pas lourd contre les Héros et leurs superpouvoirs. Nous n'allons pas faire long feu.

Alors que Gigacerveau et Vortex s'apprêtent à nous tomber dessus, Loup me confie :
– Au moins, on aura essayé ! Et j'ai encore un compte à régler avant qu'on perde.

Loup se jette alors sur Gigacerveau, prêt à nous écraser de son pouvoir psychique. Il lui envoie un bon coup de poing dans le pif. Ravi, il me regarde, la langue pendante et la queue frétillante. Mais son bonheur est de courte durée : d'un puissant courant d'air, Vortex nous envoie valser contre une paroi.

– Tu vas le regretter, chien ! gronde Gigacerveau.

Il se tient le nez, devenu presque aussi gros

que son crâne démesuré. Il espère se venger avec l'aide de Vortex mais tombe sur les fesses. Son comparse le regarde sans comprendre, avant de se retrouver lui aussi par terre.

– Qu'est-ce qui se passe ? demande Gigacerveau.

Rapide comme l'éclair, Vortex tend une main pour attraper leur mystérieux ennemi. On entend un petit cri de terreur, puis le Garçon Invisible apparaît.

– Toi ? s'étonne Vortex. Tu vas me le payer !

Pris dans le feu de l'action, nous ne réalisons pas tout de suite qu'un étrange silence règne dans la salle. Le bruit des combats a cessé

– Stop ! ordonne une voix alors que Vortex se prépare à attaquer le Garçon Invisible.

Nos agresseurs deviennent livides en découvrant Docteur Bienfait qui fend la foule. Il se dirige droit sur nous. Les autres Héros paraissent perplexes, et les Méchants ont l'air de vouloir en profiter pour frapper un bon coup. Je ne peux pas les laisser faire : attaquer les élèves du docteur ne donnera à celui-ci qu'une raison supplémentaire pour nous exterminer. Je me relève et ordonne :

– Méchants, arrêtez !

À ma grande surprise, ils m'obéissent – ou alors, c'est juste qu'ils sont trop fatigués pour remettre ça.

Docteur Bienfait prend la parole :

— On vous a trompés ! Mon fils, Ange Bienfait, vous a menti. Et ces deux-là aussi, ajoute-t-il en désignant Gigacerveau et Vortex. Jamais je n'ai été enlevé par des Méchants. C'est Ange qui m'a trahi. Les Méchants, eux, sont venus à mon secours.

À ce moment-là, Gigacerveau et Vortex découvrent Aeroboy derrière le docteur.

— Espèce de traître ! fulmine Vortex.

— Les traîtres, c'est vous !

— J'avais bien dit à Ange de ne pas se fier à un moins que rien dans ton genre ! lâche Gigacerveau. C'est à se demander comment tu as fait pour entrer à l'école des Héros.

Aeroboy s'approche de Gigacerveau.

— Ouh là là ! Qu'est-ce que j'ai peur ! se moque la grosse tête. Qu'est-ce que tu vas faire ? Me léviter dessus ?

Le garçon ne se laisse pas impressionner. Il court droit sur Gigacerveau et lui colle un coup de poing sur son nez déjà gonflé. Abasourdie, sa victime titube et recule. Le jeune Héros sourit en se massant les phalanges.

— Ça fait du bien, hein ? commente Loup.

Vortex jette un coup d'œil à son acolyte. L'air commence à tourbillonner, signe qu'ils préparent leur sortie.

— Attrapez les traîtres ! ordonne Docteur Bienfait.

Les Héros poussent un grand cri et se jettent sur les deux comparses. Au sol, Ange reprend connaissance.

— Père, dit-il faiblement, ne laisse pas les Méchants t'abuser à nouveau.

— Non, Ange, ne t'en fais pas. Je ne ferai plus confiance à n'importe qui.

Il passe à son fils une paire de menottes magiques. Les Héros en ont tout un stock, ou quoi?

— Tu es puni, jeune homme. Un long séjour dans la tour te fera le plus grand bien.

— Mais, Papa! proteste Ange.

— Privé de jeux. Privé de visites. Et interdiction de voler.

— Roooh! râle Ange pendant que son père le remet sur ses pieds.

Jezebel et Ileana nous rejoignent. Loup a déjà arraché une partie du costume de Héros qu'il déteste. Docteur Bienfait se tourne vers nous.

— J'ai une dette envers vous: demandez-moi tout ce que vous voulez.

Je le prends au mot:

— Eh bien, ça ne vous dérange pas si on vous emprunte le Garçon Invisible?

19

TATA MORGANE

J'ai l'impression que ça fait une éternité que nous courons dans toute l'école à la recherche de mon père, de la reine et de Morgane, mystérieusement disparus.

Le Garçon Invisible est avec nous. Docteur Bienfait a reconduit Ange et les autres Héros à leur Académie, mais il a accepté que le Garçon Invisible reste un peu, en gage de reconnaissance, pour honorer la dette qu'il a envers nous, blablabla, et autres nobles âneries de ce genre. Tout ce qui compte, c'est que nous avons un Super-Héros pour nous donner un coup de main.

— Où peuvent-ils bien être ? s'étonne Jezebel.

— Si seulement on avait encore la boule de cristal…

— Pas la peine, dit la princesse.

Elle montre Semel qui vole vers nous.

— Quoi ? Cette boule de poils ?

La chapistrelle de mon père se pose sur le bras d'Ileana. La princesse roucoule et ronronne. Jez grimace :

— On n'a pas de temps à perdre avec ces nunucheries !

— Chut ! souffle Ileana. Elle a quelque chose à me dire.

— Laisse-moi deviner, se moque Jez. Elle voudrait une pelote de laine et des petits morceaux de foie ?

— Non, Comtesse. Elle m'explique que Morgane retient nos parents prisonniers dans une caverne secrète, derrière l'antre des dragons. Allons-y !

— Impressionnant, Princesse ! s'exclame le Garçon Invisible.

Jezebel crache comme un chat ; le Héros se tait et redevient légèrement transparent. Nous prenons le raccourci de la Grande Horloge.

— Je ne comprends pas bien ce que ça veut dire, commente le Garçon Invisible quand nous arrivons devant l'inscription fatidique de la Caverne de la Prophétie.

Sans le vouloir, il nous rappelle que ma sœur et moi sommes sans doute voués à nous trahir.

Avec Ileana, on se regarde, et on répond en chœur :

— C'est rien.

Je tire sur la poignée, mais les gonds sont si rouillés que la porte reste bloquée.

— Permettez, se propose le Garçon Invisible.

Ce gamin maigrichon est plus fort qu'il n'en a l'air : il m'aide à ouvrir la porte. Je le remercie. La plupart des Super-Héros que nous avons rencontrés sont des crétins prétentieux, mais celui-ci n'est pas si mal.

Nous descendons dans l'antre des dragons, vide, bien sûr. Fafnir et Kremanglez se baladent toujours dehors. Tout en haut, je vois l'énorme trou qu'ils ont laissé lors de notre évasion.

— Alors, où elle est, cette grotte secrète ? demande Jezebel.

Ileana et Semel échangent une nouvelle série de ronronnements et roucoulements.

— Par là !

Nous suivons la princesse dans un recoin de la caverne qui se termine en cul-de-sac.

— Voilà ce qui arrive quand on demande son chemin à un chat, commente Loup.

— C'est une caverne secrète, s'énerve Ileana. L'entrée est dissimulée !

Elle demande des précisions à Semel. La princesse passe alors la main sur la paroi et appuie à un endroit qui n'a pourtant rien de particulier. Un mécanisme se met en marche. Des fissures apparaissent, et toute une partie du pan de pierre s'ouvre comme une porte.

— Mais combien y a-t-il de passages secrets dans cette école ? s'étonne Loup.

— D'après Semel, il y en a encore au moins huit que nous ne connaissons pas, traduit Ileana.

Loup tire la langue à la chapistrelle.

— Espèce de Madame Je-sais-tout !

J'avise une torche sur le mur. Je laisse Jezebel l'allumer : les sorts de feu et moi, comme vous le savez, ça fait deux.

Nous empruntons un long couloir donnant sur une porte. Des voix étouffées nous parviennent. Je fais signe à mes alliés de ne pas faire de bruit. À la lumière de la flamme, je distingue une serrure. Je passe le flambeau à Loup et jette un coup d'œil par le petit trou.

— Tiens ! dit Morgane. Voilà un moment que je n'ai pas entendu d'explosions. La bataille doit enfin être terminée. Je me demande qui a gagné... même si ça n'a pas d'importance. De toute façon, je serai bientôt de retour aux commandes !

Elle tient la boule de cristal de mon père entre ses griffes. Obscuro et la reine Catalina sont suspendus au-dessus d'un trou béant. Ils ont été attachés ensemble, de sorte que si la reine ouvre le cadenas, les chaînes se détacheront d'un seul coup et elle sera précipitée dans le vide avec mon père.

– Tu ne t'en tireras pas comme ça, Morgane! déclare Catalina. Peu importe qui l'emporte, tu resteras l'ennemie de tout le monde.

– Faux, réplique Morgane. Si les Méchants gagnent, on ne vous retrouvera jamais. Et moi, je demeurerai directrice de cette école.

– Et si les Héros sont victorieux? demande la reine.

– Dans ce cas, je leur livrerai deux grands Méchants. Ils m'accueilleront à bras ouverts. Puis je leur offrirai généreusement de rebâtir cette école au service de la justice, de l'honneur et autres sottises de ce genre. Et dans l'ombre, je monterai ma propre armée de Méchants. Au moment choisi, j'attaquerai leur Académie et deviendrai encore plus puissante! L'école de Dame Morgane pour Super-Méchants Supérieurs!

Satanés monologues! Difficile de croire que Morgane a réussi à devenir une aussi grande Méchante alors qu'elle perd son temps à se vanter de ses stratagèmes. J'en ai assez entendu. Je m'apprête à quitter mon poste d'observation quand Morgane attire à nouveau mon attention.

– La prophétie va donc enfin se réaliser.

Qu'est-ce qu'elle raconte? Je regarde Ileana, qui fronce les sourcils. Mes alliés se rapprochent de moi pour mieux écouter.

— *Dans les entrailles de ce château, Se trame un terrible complot…* Tu te rappelles, Veldin ? demande Morgane. Après toutes ces années, j'y suis arrivée.

Nous avons tous l'oreille ventousée à la porte. Jezebel choisit bien entendu ce moment-là pour éternuer. Elle bascule en arrière et marche sur la queue de Loup. Qu'il retire en hurlant pour mieux trébucher sur Ileana. Qui perd l'équilibre et s'écrase sur moi. Pour couronner le tout, j'accroche la poignée et nous déboulons tous pêle-mêle dans la salle secrète.

Tout se passe si vite que nous n'avons pas le temps de réagir. Si Morgane avait été seule, à la rigueur, on aurait pu s'en sortir. Mais ses deux hommes de main se tiennent de chaque côté de la porte. Avant même d'avoir pu nous demander quel sort jeter, nous nous retrouvons enchaînés, Jezebel, Loup et moi, dos à dos dans un coin de la pièce. Morgane a dû comprendre le coup de l'épingle à cheveux d'Ileana, parce qu'elle fait attacher la princesse toute seule à un mur à l'autre bout de la salle. Je ne vois pas le Garçon Invisible. Oui, je sais : très drôle.

Peut-être qu'il s'est échappé. Ou qu'il a décidé qu'après tout, ça ne valait pas le coup d'aider des Méchants, et qu'il est parti rejoindre les siens. Quoi qu'il en soit, notre tentative de sauvetage restera sans doute la plus miteuse de toute l'Histoire. Morgane tourne autour de nous comme un chat ; elle jubile. Mes parents pendent toujours au-dessus du trou (en réalité, une espèce de vieux puits dont le couvercle est posé un peu plus loin).

— Comme je le disais, Veldin, avant que tes rejetons mal élevés ne viennent m'importuner, la prophétie s'accomplit enfin. Je t'ai trahi, je t'ai volé ton pouvoir, celui que tu exerçais sur les esprits des petits Méchants, et maintenant, tu vas plier devant moi. J'ai gagné.

Je ne peux m'empêcher de demander :

— Quel rapport avec la prophétie ? Il y est question de jumeaux.

Morgane éclate de rire. Elle secoue sa chevelure blonde et une bouffée de son parfum nauséabond parvient jusqu'à mes narines. J'ai la nausée.

Jezebel s'agite à côté de moi.

— Qu'est-ce qui te prend ? s'étonne Loup.

— Je ne sais pas. J'ai senti quelque chose dans mes cheveux. J'ai un insecte sur la tête, ou quoi ?

Morgane ne prête pas attention à Jez : elle poursuit son monologue de Méchante qui ferait honte à un débutant.

— Oh, Rune, Rune, Rune... Il y a tant de choses que tu ignores. Eh bien, je vais accomplir encore une partie de la prophétie. *Un vieux secret va reparaître.*

Ton père et moi sommes jumeaux. Cent pour Cent Méchants, pour être plus précise.

– Quoi ?

Ileana a lâché le même cri que moi. Morgane fait partie de la famille ? Morgane, la blonde puante aux ongles de dragon ? Berk !

– Eh oui. On dirait qu'il y a pas mal de jumeaux dans la famille, lâche-t-elle en nous regardant avec insistance.

– Il y a bien des années, quand notre petit groupe d'alliés a découvert la prophétie, Veldin et moi avons d'abord eu peur que celle-ci nous concerne. Nous avons pensé que si d'autres personnes venaient à la découvrir, elles pourraient s'en servir contre nous, pour nous dérober nos pouvoirs. Nous avons donc fait semblant de ne pas être frère et sœur. Au fil des années, dans la communauté des Méchants, de moins en moins de gens ont su que nous étions liés, et encore moins que nous étions jumeaux. Mon cher frère et moi avons scellé un pacte, jurant de ne jamais essayer d'usurper le pouvoir de l'autre. Tu y as cru, Veldin ? Tu pensais vraiment que j'étais sincère ?

Morgane brandit la boule de cristal en signe de victoire.

– Que fais-tu du reste de la prophétie ? lui demande alors mon père.

— C'est vrai, renchérit Catalina. *Et trahi se verra le traître.*

— Il s'agit de Veldin ! crie Morgane. C'est un traître à sa profession, avec sa façon de s'attendrir sur les petits Méchants et de dorloter les récalcitrants. Sous ma direction, ils deviendront diaboliquement puissants et ne seront loyaux qu'envers moi !

Eh ben ! Si elle juge le Maître de l'Épouvante trop coulant, je n'ai pas envie de savoir ce qu'elle entend par une éducation plus stricte.

Quand je vois Ileana tirer légèrement la langue, comme chaque fois qu'elle s'applique, j'en oublie un peu Morgane. La princesse est en train de trafiquer je ne sais quoi dans son dos. Je me retiens de sursauter quand j'entends une voix à mon oreille. C'est le Garçon Invisible.

— J'ai confié l'épingle à cheveux de la vampire à la princesse. Il faut occuper la sorcière, le temps qu'elle parvienne à vous libérer.

Ça ne devrait pas être trop compliqué : Morgane est repartie dans un monologue. Elle n'arrête pas de se lancer des fleurs et d'enfoncer mon père. Elle a apparemment décidé de laver son linge sale en famille.

— Père croit encore que c'est moi qui ai mis le feu à notre repaire familial, Veldin ! Et quand je pense que tu es allé tout cafter à Mère lorsque je me suis enfuie à la cour du roi Arthur ! Quel fi-fils à sa maman !

Ouais. Morgane est entièrement absorbée par le récit de ses vieilles rancœurs. Je la laisse tranquillement poursuivre sa tirade. Surtout que la princesse a réussi à se libérer et marmonne des sortilèges aux armoires à glace de Morgane, qui se figent aussitôt. Elle nous rejoint rapidement et s'attaque aux chaînes qui nous retiennent prisonniers.

Peu après, nous nous glissons derrière Morgane, prêts à l'ensorceler, mais elle se retourne d'un coup et nous lance un sort. Je suis projeté sur le côté – sans doute par le Garçon Invisible. Mes alliés, eux, se retrouvent aussi figés que les gardes. Je tombe derrière un vieux bureau et me cogne violemment la tête par terre. Je ne sais pas du tout où est le jeune Héros. Si ça se trouve, il a lui aussi été touché par le sortilège de Morgane.

— Rune, va-t'en ! crie la reine. Dépêche-toi !
— Oh, silence ! ordonne Morgane.

La reine se tait aussitôt, la bouche paralysée.

— De toute façon, il ne va pas s'enfuir, reprend la sorcière. N'est-ce pas, Rune ? Pour un Méchant, il est pitoyablement fidèle à ses alliés et à ses parents.

Je l'entends approcher ; ses bottes à hauts talons claquent sur le sol de la caverne. Je risque un œil hors de ma cachette. Dans le dos de Morgane flotte une paire de menottes magiques ! Il faut à tout prix la distraire. Je ne vois qu'un moyen de réussir : je me lève.

– Oooh. Comme c'est courageux ! Tu as traîné trop longtemps avec des Héros, mon neveu !

Elle insiste exprès sur ce dernier mot, mais je ne relève pas. Je m'efforce de ne pas regarder les menottes qui se rapprochent doucement d'elle.

– Vous vous trompez, vous savez.

– Ah oui ? lâche Morgane.

Elle n'essaie même pas de m'ensorceler. On dirait un chat qui joue avec sa proie avant de l'avaler toute crue.

– La prophétie n'a pas de rapport avec vous et Obscuro. Elle nous concerne, Ileana et moi.

Si elle pouvait bouger, je suis sûr qu'Ileana réagirait. Finalement, ce n'est pas plus mal que mes alliés soient immobilisés : je peux bluffer tranquille. Morgane plisse ses yeux verts. Elle n'a pas l'air convaincue.

– Et qu'est-ce qui te fait dire ça, Rune ?

– Ileana a un pouvoir secret. Que je lui ai volé. Les jumeaux de la prophétie, c'est nous.

– De quoi parles-tu ? Quel pouvoir ?

J'entends de l'avidité dans sa voix. Derrière elle, le Garçon Invisible ne se presse pas pour lui passer les menottes. J'imagine qu'il ne veut pas risquer de faire du bruit, mais il met une éternité.

Tout le monde a les yeux braqués sur moi : mes alliés, la reine, mon père. Pas moyen de savoir s'ils se demandent ce que je fais ou s'ils ont deviné mon plan et m'encouragent en silence. Aucune importance. Je continue :

— Vous savez ? *Un vieux secret va reparaître.* Eh bien, la reine a caché le pouvoir d'Ileana pendant longtemps. Mais... euh, je l'ai découvert.

— Oh ? Et comment as-tu réussi, dis-moi ?

— J'ai... lu son journal.

C'est vrai, en plus. Même s'il n'y est pas question de pouvoir secret, à part celui qu'exerce sur elle un Apprenti vampire qu'elle trouve « à mourir ». C'est elle qui le dit, pas moi ! C'est fou : qu'est-ce qu'elles ont, les filles, avec les vampires ? Mais je m'égare. Morgane, elle, ne perd pas le nord.

— Quel est ce pouvoir secret ? insiste la sorcière.

Elle s'arrête devant le bureau. Impatiente, elle y enfonce ses griffes, produisant un effroyable crissement.

— Euh...

Je suis à court d'idées. J'ai sorti ce mensonge sans trop réfléchir, et maintenant, je sèche. J'entends alors un très léger cliquetis.

— C'est bien ce que je pensais, dit Morgane en se

penchant sur moi, collant presque son visage contre le mien.

Elle lève les mains pour me jeter un sort.

– Prépare-toi à mourir.

Je ferme les yeux, espérant ne pas trop souffrir. Plusieurs secondes s'écoulent. Comme il ne se passe rien, j'ouvre prudemment un œil.

– Qu'est-ce que…?

Morgane découvre à son poignet droit une menotte. L'autre pend dans le vide.

– Au secours! crie une voix, venue on ne sait d'où.

Morgane a attrapé un cou invisible qu'elle serre de sa main libre.

– Qui êtes-vous? demande-t-elle.

Privé d'oxygène, le Garçon Invisible commence à réapparaître. Dès que son visage se fait plus précis, Morgane l'étrangle de plus belle.

C'est le moment ou jamais : je bondis par-dessus le bureau et attrape la menotte vide, déterminé à finir le travail. Elle relâche le Garçon Invisible, qui tombe par terre en toussant, puis elle se déchaîne contre moi. Elle me lacère le cou et le visage de ses ongles, coupants comme des rasoirs. Son horrible parfum manque de m'empoisonner. Je me défends comme je peux sans lâcher ma moitié de menotte. Derrière Morgane, le Garçon Invisible se relève. Il se jette sur elle de tout son poids. Nous roulons tous les trois sur le sol de la caverne. Je prends l'une des bottes en cuir rigide de Morgane en pleine tête. Je réplique en envoyant un violent coup de poing... dans la bouche du Garçon Invisible. Un filet de sang dégouline le long de son menton, mais il n'a pas l'air de s'en rendre compte. Il maintient fermement Morgane au sol, face contre terre.

– Gardes ! Gardes ! crie la sorcière.

Ces derniers sont toujours figés par le sort d'Ileana.

– Dépêche-toi ! me hurle le Garçon Invisible.

Morgane se débat comme une chapistrelle enragée. Je lui saisis le poignet, malgré ses terribles coups de griffes. Enfin, je parviens à lui mettre les bras dans le dos et à lui passer la seconde menotte. À bout de souffle, en nage, le Garçon Invisible et moi retrouvons enfin le sourire.

– Hum hum !

Je lève les yeux. C'est Obscuro, toujours suspendu, qui cherche à attirer mon attention.

– Surtout, prends ton temps, Rune. La vue est si belle d'ici !

– De rien... maugrée-je.

– Plaît-il ? demande sévèrement mon père.

– J'arrive...

Je me traîne jusqu'au puits et remets son couvercle

en place. Le danger de chute écarté, la reine n'a plus qu'à forcer ses chaînes pour se libérer. Mon père annule le sortilège que Morgane a jeté à Catalina. Quelques sorts plus tard, tout le monde est libre de ses mouvements. Sauf les gardes et Morgane, bien sûr.

20
TOUT EST BIEN QUI FINIT MAL

C'est bien beau d'avoir sauvé l'école, mais il y a encore pas mal de trucs à régler. La première chose à faire, c'est de s'assurer que tous les élèves ont survécu. Certains sont légèrement blessés, mais *a priori* personne n'y restera, ce coup-ci.

On doit aussi trouver un endroit pratique pour enfermer Morgane, le temps que le comte Dracula arrive. Le vampire a enfin eu vent de l'ambition démesurée de la sorcière, et il est en route pour trouver une solution avec Obscuro. Attentionné que je suis, je suggère de la placer dans le cachot des punitions.

– Profitez-en pour méditer sur ce que vous avez fait, dis-je en la laissant pendue la tête en bas, au-dessus d'un chaudron bouillonnant.

Elle fulmine :

— Je n'en ai pas fini avec toi, Rune Drexler! Quand je sortirai d'ici, je...

Morgane continue à vociférer, mais on ne l'entend plus : la reine lui a jeté un sort.

— Apprendras-tu un jour à cesser tes monologues, Morgane? se moque Catalina.

Nous laissons la sorcière s'époumoner en vain au-dessus de sa marmite fumante. Il nous faut organiser le retour du Garçon Invisible à l'Académie de Docteur Bienfait. Comme il ne sait pas voler, nous lui proposons que Fafnir le raccompagne.

— Vous êtes sûrs que c'est une bonne idée? demande-t-il en escaladant le vieux dragon.

— Bien sûr! Tu me crois capable de te vouloir du mal? lance Ileana, avec son regard de biche.

Elle lui envoie un baiser. Il en perd ses moyens : tout sourire, il bégaie bêtement et tombe de Fafnir. Deux fois. On finit par passer une corde au cou du dragon pour qu'il puisse s'y tenir et à lui en attacher une autour de la taille — on ne sait jamais.

Alors que le jeune Héros disparaît dans le crépuscule, une silhouette se dessine à l'horizon. Loup se met à l'arrêt.

— Qu'est-ce que c'est?

— Oh non! se lamente Jezebel. Mon père!

Elle se redresse et chasse consciencieusement toute trace de poussière de sa tenue. Dans le ciel, une chauve-souris grossit comme une tache d'encre sur une feuille de papier. Dracula ne tarde pas à reprendre devant nous sa forme pas tout à fait humaine.

Ce n'est pas la première fois que je vois le comte, mais cette sombre apparition, cette redoutable légende de la Méchanceté m'impressionne toujours autant. Imaginez un homme d'affaires extrêmement riche et puissant, aux yeux de prédateur, au teint de cire et aux canines pointues. Tiré à quatre épingles, il porte un costume intemporel... Ses chaussures noires, parfaitement cirées, luisent dans l'obscurité. Il nous salue d'un bref hochement de tête. Je ne peux m'empêcher de me couvrir le cou. Quand il aperçoit sa fille, voilà comment se déroulent leurs chaleureuses retrouvailles :

– Jezebel.

– Père.

On ne peut pas dire qu'ils débordent d'affection, dans la famille Dracula ! Le comte nous exhorte ensuite à le conduire au Centre. Nous n'avons pas de mal à trouver mon père : il est dans son bureau avec la reine Catalina. Obscuro la présente au comte qui lui adresse un sourire froid et pincé. Apparemment, tout comme sa fille, il n'apprécie pas les gens plus haut placés que lui.

– D'étranges rumeurs sont parvenues jusqu'à

moi, Drexler, déclare le comte. On parle de traîtres, de Héros et autres bizarreries. Qu'en est-il ?

Je m'attends à ce que le Maître de l'Épouvante nous congédie, mes alliés et moi, mais il ne le fait pas. Peut-être souhaite-t-il avoir notre version des faits. Ou peut-être que ce vieux schnock a enfin un peu d'estime pour nous. Mais je ne me fais pas trop d'illusions là-dessus.

Mon père raconte tout à Dracula, expliquant comment Morgane a comploté pour prendre sa place à l'école en utilisant Ange Bienfait pour le kidnapper et lui voler sa boule de cristal. Je vois que celle-ci a retrouvé sa place habituelle : dans la vitrine, derrière le bureau de mon père. Il lui dit aussi que Morgane nous a emprisonnés dans le cachot des punitions et qu'elle nous a menacés.

— Eh bien, Morgane ne manque pas d'initiative, commente le comte.

J'ai envie de lui hurler dessus : « initiative » ? Menacer des élèves ? S'acoquiner avec des Héros ? Voler ? Mentir ?... Eh, attendez ! Elle a assuré, en fait ! Ce qui ne m'empêche pas de la détester. Et je ne vais pas me gêner pour dire ce que je pense à Dracula. Mon père me sent venir : il me fait signe de me retenir.

— Mais, poursuit le comte, je conçois qu'elle a fait preuve de trop de zèle. Peut-être aurait-elle besoin de prendre un peu de recul et d'abandonner un temps ses responsabilités de directrice d'école pour Méchants. Si nous allions en discuter avec elle ?

Je pense alors à l'Institut de Morgane, situé un peu plus bas sur la côte. Je me demande ce que ses élèves ont éprouvé en son absence. Ils ont dû adorer ! Je les imagine en train de danser et de crier en jetant leurs bérets dans les flammes d'un grand feu de joie.

Mon père mène notre petite troupe jusqu'au cachot des punitions. Malgré la pénombre et les épais nuages de vapeur, on voit tout de suite que Morgane a disparu. Elle s'est évadée !

— Eh bien, Veldin, dit le comte. Voilà la confirmation que Morgane avait besoin de prendre un peu de temps pour elle. Il va sans doute falloir que vous la remplaciez à la tête de son école. Oui. L'Institut d'Excellence pour Méchants Accomplis de Maître Obscuro. Ça sonne bien, vous ne trouvez pas, Drexler ?

À côté de moi, Ileana murmure comme pour elle-même :

— *L'un prendra le pouvoir de l'autre...*

— Comte, je suis flatté de la confiance que vous me témoignez. Mais m'occuper de ces scélérats-ci me réclame déjà beaucoup d'énergie, déclare-t-il en nous désignant de la tête.

Je souris en entendant son compliment. Pas longtemps : mon père me lance son regard noir.

— Peut-être pourriez-vous nommer le professeur Grigrigredinmenufretin pour succéder à Morgane ? Je suis sûr qu'il acceptera le poste, en attendant que l'on trouve le remplaçant idéal.

— Comme vous le souhaitez, répond Dracula. Envoyez les papiers à mon secrétaire. Et maintenant, j'ai faim.

Loup, Ileana et moi protégeons notre cou. Dracula nous salue d'un hochement de tête et s'en va. Il ne dit même pas au revoir à sa fille. Ce qui n'a pas l'air de la préoccuper plus que ça : dès qu'il est parti, elle pousse un profond soupir de soulagement.

— Il faut que je parle à Grigrigredinmenufretin, déclare mon père.

Il se drape dans sa cape et disparaît. Mes alliés, la reine et moi remontons dans les caves supérieures.

— Je meurs de faim, dit Loup. Vous n'avez pas envie de manger un bout ?

— Si ! répond Jezebel. Rune, Ileana, vous venez ?

La princesse jette un regard penaud à sa mère.

— J'aimerais leur parler en tête à tête, si ça ne vous ennuie pas, déclare la reine.

Loup et Jezebel nous laissent seuls.

— Eh bien, vous avez vécu de satanées aventures après m'avoir ensorcelée ! commente Catalina.

Ileana ne tourne pas autour du pot :

— Pourquoi nous avoir caché la vérité ?

— Votre père et moi pensions que c'était mieux ainsi. Je n'aurais jamais imaginé que vous puissiez vous rencontrer. Quand Rune nous a retrouvées à l'occasion de son complot, il y a quelques mois, j'ai voulu vous l'annoncer, mais Veldin m'a demandé de ne pas le faire. Je crois que, même après toutes ces années, il s'inquiétait encore à cause de la prophétie, craignant que quelqu'un cherche à se servir de vous en pensant que vous aviez un quelconque pouvoir secret. Ou que l'un d'entre vous se retourne contre l'autre. Vous avez vu comment Morgane a réagi. Elle avait tellement peur que son frère lui vole son pouvoir qu'elle a décidé de s'en prendre à lui la première.

Ileana et moi restons muets. Nous ne savons vraiment pas quoi dire. La reine interprète notre silence comme un signe de colère.

— Je t'en prie, Rune, crois-moi. J'aurais tout fait pour te garder. Mais c'était impossible sans te mettre en danger.

— Je ne vous en veux pas.

C'est vrai, je ne dis pas ça juste pour lui faire plaisir. D'accord, je n'ai pas eu droit à tout le tralala royal, comme Ileana. Mais ma vie de Méchant en formation n'a rien de tragique. Et puis, si j'avais été élevé dans un vieux château renfermé, je n'aurais jamais rencontré Loup ni Jezebel.

— Et maintenant, qu'est-ce qu'on fait ? demande Ileana.

— Les choses vont suivre leur cours, explique la reine en nous prenant dans ses bras. Je vais rentrer dans mon royaume. Vous allez rester ici pour finir votre apprentissage. Et peut-être que Rune pourra venir passer un peu de temps avec nous pendant l'été.

— Ça me paraît pas mal, dis-je.

— Oui, mais… et avec Obscuro… enfin, notre père ? reprend Ileana. Ça me fait bizarre. J'ai beau savoir que c'est lui mon père, pour moi, ce sera toujours le roi.

— C'est pas grave, Ileana. De toute façon, le Maître de l'Épouvante ne doit pas s'attendre à ce que tu l'appelles Papa. Même moi, je ne le fais presque jamais.

— Et entre toi et Obscuro ? demande la princesse à notre mère.

— Le passé est le passé, ma chérie, soupire la reine. Je suis mariée au roi, désormais. Veldin le comprend. Ce qui, bien sûr, ne m'empêche pas de tenir toujours à lui.

Nous discutons encore un peu, puis la reine nous laisse tous les deux. Elle doit retourner dans son royaume dès le lendemain. Nous retrouvons bientôt Loup et Jezebel. Ils ont réussi à déjouer la surveillance de Cook et ont dérobé d'excellentes victuailles dans la cuisine. Ils ont même pris de la nourriture normale pour ceux qui n'auraient pas forcément envie de barres de chocolat ou de foie de mouton. Nous mangeons dans la Caverne de la Prophétie.

– Ché bijarre, quand même, fait Jez, la bouche pleine de chocolat.

– Quoi ?

– Cha !

Elle indique l'inscription. Loup se passe un grand coup de langue sur la figure.

– Tu as raison. Quand on pense à tous les problèmes que cette prophétie a déclenchés... Et tout ça pour quoi ? On ne sait même pas si c'est vrai, en plus.

– Je pense que si, dit Ileana.

Comme je prends l'air étonné, elle ajoute :

– « Dans les entrailles de ce château, Se trame un terrible complot. » Morgane a bel et bien comploté contre ton père, ici.

– Et qu'est-ce que tu fais du reste ? interroge Jezebel.

– « Des deux jumeaux Cent pour Cent Méchants, L'un trahira l'autre bassement. L'un prendra le

pouvoir de l'autre ; Et devant l'un se pliera l'autre »,
poursuit Ileana. Morgane et Obscuro sont jumeaux
Cent pour Cent Méchants. Elle a pris la place de
son frère à la tête du Centre et a fini par récupérer
sa boule de cristal… Mais au bout du compte, elle a
plié devant son frère.

— Et la fin de la prophétie ? relance Loup.

— « Un vieux secret va reparaître. Et trahi se
verra le traître », récite Ileana. Nous avons découvert leur secret, caché pendant de longues années.
Morgane a bien été trahie, puisque Ange Bienfait
s'est enfui avec la boule de cristal, plutôt que de la
lui donner.

Ileana semble avoir oublié quelque chose.

— Et les Héros, dans tout ça ?

— C'est nous, répond-elle en rigolant. Que ça
vous plaise ou non, nous avons sauvé Obscuro. Et
les élèves, les Héros comme les Méchants. Et Docteur Bienfait. Et nous avons délivré nos parents et
vaincu Morgane ! On est des Héros, je vous dis !

— Ça va, ça va, on a compris ! Pas la peine de parler si fort !

Je relis l'inscription. Ça colle. En essayant de forcer le sens de la prophétie, Morgane l'a en fait
accomplie, déchaînant la catastrophe contre elle.

— Je crois que tu as raison, Ileana.

— Évidemment ! s'exclame la princesse.

Nous bavardons encore un peu. La bataille entre Héros et Méchants a complètement ravagé l'école. Les cours ont été suspendus à cause de tous les dégâts et de la pagaille générale. On reprendra la classe quand le centre aura été remis en état.

En sortant du passage de la Grande Horloge, nous tombons nez à truffe avec Semel qui volette, une enveloppe entre les crocs. Je la lui prends. Quand elle comprend que je n'ai pas de petite douceur à lui offrir, elle me mord l'épaule. Puis elle vient se frotter en ronronnant contre la joue d'Ileana et s'en va.

Loup essaie de lire par-dessus mon épaule.

– Qu'est-ce que c'est ?

– Mon père veut me voir dans son bureau.

– Il tient peut-être à te remercier de l'avoir sauvé, suggère Ileana.

– C'est pas son genre...

Je quitte mes alliés et me rends au bureau du vieux schnock. Mon père commence par m'ignorer, me laissant attendre debout, alors que je suis juste à côté d'un bon fauteuil. Il finit par lever le nez de ses parchemins.

– Rune.

– Tu aurais pu me le dire.

Pas besoin d'être plus précis : il a parfaitement compris.

– Tu l'as bien découvert par toi-même.

– Oui, mais... Et si j'avais voulu sortir avec elle ? C'est ma sœur ! Baah !

– Je ne l'aurais pas permis.

– Ah oui ? Tu ne peux pas toujours tout savoir, figure-toi.

– Vraiment ?

Il contourne son bureau pour se planter face à moi. Je lutte contre l'envie de reculer.

– Je sais que tu as tenu tête à Morgane. Je sais que tu es venu à l'école de Super-Héros pour me sauver. Je sais que tu as fait cesser l'assaut contre le Centre.

Je souris en entendant ces compliments inattendus.

– Cependant, je sais aussi que tu as collaboré avec un certain... comment s'appelle-t-il, déjà, Semel ?

Nichée dans son coin préféré, la chapistrelle lance un miaulement.

– Ah oui, le Garçon Invisible. Vous avez mis la pagaille dans les couloirs de mon école et vous avez failli nous faire tous tuer.

– Mais... mais... je t'ai libéré ! J'ai sauvé le Centre ! Et toi, tu m'as caché des choses ! Tu ne m'as même pas dit qu'Ileana était ma sœur, ni que la reine était ma mère ! Et... Eh ! Est-ce que je suis prince, du coup ?

— En un sens, oui, admet mon père.
— Tu ne devrais pas te prosterner devant moi, ou un truc dans le genre, alors ?
— Oh, pardon ! Il est temps maintenant d'accomplir vos devoirs royaux, prince Rune. Tu peux commencer par nettoyer le bazar qu'ont laissé tes petits copains Héros.

Je revois les traces d'incendie, les murs de caverne explosés et les montagnes de débris fondus, gelés ou écrabouillés qui encombrent les couloirs.

Je quitte le bureau de mon père complètement abattu. Ileana m'attend devant la porte.

— Comment ça s'est passé ?
— J'ai hérité du nettoyage de toute l'école !
— Tu ne t'en tires pas trop mal.
— Pas trop mal ! Non mais tu as vu le chantier ?

Ileana me tapote l'épaule.

— Besoin d'un coup de main ?
— Oui ! Tu vas vraiment m'aider ?
— Bien sûr ! répond Ileana en lançant des sorts de ménage et de réparation. À quoi ça sert une sœur, sinon ?

Ensemble, ma sœur et moi, nous travaillons pendant des heures à remettre le Centre en état. Épuisés, nous marchons côte à côte jusqu'à la Grande Horloge. Elle s'arrête pour me faire un câlin. Je chuchote :

– Hé ! Pas de câlins dans les couloirs !

Peut-être bien que moi aussi, je lui en fais un. Mais vous n'en saurez rien. De toute façon, il n'y a pas de témoin.

TABLE DES MATIÈRES

1. Un nouveau récalcitrant 7
2. Pas de câlins dans les couloirs 23
3. Passages secrets et sous-vêtements 34
4. Frisson ou Vérité 42
5. Dans la tête d'une Méchante 61
6. Disparitions en série 79
7. Centre de Redressement pour Méchants Récalcitrants de Dame Morgane 88
8. Traîtres 98
9. Méchants à la rescousse 107
10. Mon superpouvoir 126
11. Clair comme du cristal 138
12. Une Méchante histoire d'amour 150
13. Des jumeaux récalcitrants 164
14. La rentrée des crasses 180
15. Un pied dans la tombe 187

16. Faut pas chercher la petite bête
    à Docteur Bienfait 194

17. Les Héros changent de camp 203

18. Douce vengeance 212

19. Tata Morgane 220

20. Tout est bien qui finit mal 235

À propos de l'auteur 251

STEPHANIE S. SANDERS

Stephanie a grandi dans une ferme de l'Iowa, près d'une petite rivière, entourée de champs et de forêts. Petite, elle était persuadée qu'il s'agissait de lieux magiques abritant des mondes secrets, peuplés de fées et de licornes.

Stephanie n'est plus une enfant, mais elle vit toujours dans l'Iowa, avec son mari, Benjamin, et leurs deux filles, Kyra et Kaelyn, dans une vieille maison un peu délabrée. Elle a un chat qui s'appelle Pudge, un chien baptisé Buddy, et un poisson surnommé Speedy Tomato. Stephanie aime lire et écrire des histoires de *fantasy*. Ses autres centres d'intérêt varient mais tournent souvent autour du *steampunk*, des fêtes Renaissance, de la musique celtique, des vieilles maisons, des cimetières, de la photographie, de la randonnée et de tout ce qui touche de près ou de loin au chocolat !

www.stephsanders.com

Vous avez aimé L'ÉCOLE DES MAUVAIS MÉCHANTS ?

Découvrez d'autres séries, aux Éditions Nathan :

STROM
- Tome 1 – Le collectionneur
- Tome 2 – Les portails d'outre-temps
- Tome 3 – La 37ᵉ prophétie
- Le démon aux Mille visages (La face cachée du STROM)

Les désastreuses aventures des orphelins Baudelaire
- Tome 1 – Tout commence mal
- Tome 2 – Le Laboratoire aux serpents
- Tome 3 – Ouragan sur le lac
- Tome 4 – Cauchemar à la scierie
- Tome 5 – Piège au collège
- Tome 6 – Ascenseur pour la peur
- Tome 7 – L'Arbre aux corbeaux
- Tome 8 – Panique à la clinique
- Tome 9 – La Fête féroce
- Tome 10 – La Pente glissante
- Tome 11 – La Grotte Gorgone
- Tome 12 – Le Pénultième Péril
- Tome 13 – La Fin

Les fausses bonnes questions de Lemony Snicket
- Tome 1 – Mais qui cela peut-il être à cette heure ?
- Tome 2 – Quand l'avez vous vue pour la dernière fois ?
  (à paraître)

Achevé d'imprimer en mai 2014
par CPI Bussière (18200 Saint-Amand-Montrond, France)
N° d'éditeur : 10198011
N° d'imprimeur : 2009783